Bin ich ein Ungeheuer?

MICHAELA DANIEL

Bin ich ein Ungeheuer?

Bibliografische Information der Deutschen Nationalbibliothek
Die Deutsche Nationalbibliothek verzeichnet diese Publikation in der
Deutschen Nationalbibliografie; detaillierte bibliografische Daten
sind im Internet über http://dnb.d-nb.de abrufbar.

Satz, Herstellung und Verlag:
BoD – Books on Demand, Norderstedt

ISBN 978-3-7578-2032-9

BIN ICH EIN UNGEHEUER?

Es war vor 16 Jahren, als sich das Leben von Tamara änderte. Tamara war bis zu diesem Tag eine erfolgreiche Architektin.

Als sie gerade dabei war, einen neuen Plan für ein Kaufhaus in der Stadt zu entwerfen, rief ihre Sekretärin: »Am Telefon ist das Krankenhaus dran. Sie möchten gerne mit Ihnen sprechen.«

Tamara nahm den Hörer in die linke Hand. Während sie an ihrem Plan für das Kaufhaus weiter plante und sich dabei Notizen machte, fragte sie in den Hörer: »Ja? Schubert.«

Nachdem sie eine Weile so telefoniert hatte, legte sie den Hörer wieder aufs Telefon. »Ist was passiert?«, fragte die Sekretärin. Tamara nickte kurz mit dem Kopf. Dann sagte sie: »Ich muss los.« Schnell nahm sie ihre Tasche und ihre Jacke und verließ ohne ein weiteres Wort ihr Büro. Verwundert sah ihr die Sekretärin hinterher.

Tamara stieg in ihr Auto. Sie fuhr mit erhöhter Geschwindigkeit durch die Stadt. Endlich kam sie am Krankenhaus an.

In der Aufnahme fragte sie: »Meine Mutter wurde vorhin eingeliefert.« »Wie heißt denn Ihre Mutter?«, fragte die Schwester, die hinter einer Glasscheibe saß.

»Eva-Maria Tusch«, antwortete Tamara. »Moment, ich schau mal nach.« Die Schwester suchte in einer Akte. »Dr. Schenk hat Ihre Mutter aufgenommen. Er wird gleich zu Ihnen kommen. Sie können dort vorne warten.«

Tamara setzte sich nervös auf einen Stuhl. Es dauerte nicht lange, da kam ein junger Arzt auf Tamara zu. »Sind Sie Frau Schubert?« Tamara nickte mit dem Kopf. »Kommen Sie mit, wir gehen in mein Büro.« Im Büro angekommen, sagte Dr. Schenk: »Nehmen Sie Platz.« »Was ist mit meiner Mutter?«, wollte Tamara endlich wissen. »Also Ihre Mutter hatte einen schweren Schlaganfall ...« Tamara stockte der Atem. »Sind Sie sich da sicher?« Dr. Schenk nickte. Wir werden alles Mögliche tun, damit die Folgen nicht zu groß sind.« »Kann ich zu ihr?« »Ja aber nur kurz. Ihr Mutter braucht jetzt ruhe.«

Dr. Schenk führte Tamara zur Intensivstation. Nachdem sich Tamara einen grünen Mantel angezogen hatte, den ihr eine Schwester entgegenhielt, durfte sie zu ihrer Mutter. Ihre Mutter hing an vielen Maschinen. Sie hatte die Augen geschlossen. Ihr Gesicht war blass. Tamara lief eine Träne über die Wange. Sie streichelte ihrer Mutter über den Arm. »Es wird alles wieder gut«, sagte sie zu ihrer Mutter.

Kurze Zeit später verließ sie das Zimmer. Sie ging in die Eingangshalle. Dort stand ein Münztelefon. Tamara ließ sich von einer Schwester hinter der Glasscheibe einen zehn Euro Schein wechseln.

Anschließend ging sie zum Telefon und wählte eine Nummer. Am anderen Ende meldetet sich eine Stimme. »Backstein.« »Steffi, bist du das?« »Ja.« »Ich bin es Tami. Ich bin grad im Krankenhaus. Mama hatte einen Schlaganfall.« »Ja und? Was habe ich damit zu tun?« »Sie ist schließlich auch deine Mutter.« »Na, davon habe ich aber früher wenig gemerkt.« Nachdem Steffi das gesagt hatte, legte sie einfach den Hörer auf. Tamara war entsetzt. Sie hängte den Hörer auf und verließ das Krankenhaus.

Während sie auf dem Weg nach Hause war, dachte sie nach. Was sollte nun aus ihrer Mutter werden? In ein Heim sollte sie auf gar keinen Fall. Aber zu Hause wäre ja keiner da. Tamaras Mann arbeitete den ganzen Tag in einem Autohaus, und sie? Sie selbst hatte gerade erst die

Stelle als Chefarchitektin angetreten und war somit auch viel beschäftigt.

Als sie zu Hause ankam, ging sie gleich ins Haus. Sie hörte nicht, wie ihr eine Nachbarin zurief: »Na, alles in Ordnung?«

Im Haus ging Tamara an ihren Computer. Sie ging ins Internet und suchte nach dem Begriff: Schlaganfall, denn sie wollte wissen, was das Schlimmste sein könnte, womit sie rechnen müsste.

Tamara war gerade tief in einen Text über Schlaganfall versunken, als die Haustür aufgeschlossen wurde. »Hallo Schatz, wo bist du?« Gregor, Tamaras Mann ging die Treppen nach oben. Im Schlafzimmer sah er seine Frau, die vor dem Computer saß und Tränen im Gesicht hatte. »Hey Süße, was ist los?« Tamara sah Gregor an. Sie fiel ihm um den Hals.

Beide blieben einige Minuten still so stehen. Schluchzend erzählte Tamara, was sich zugetragen hatte. Gregor war geschockt. Nie im Leben hätte er so etwas gedacht. Seine Schwiegermutter war kaum krank, und nun so etwas. »Kann man schon etwas sagen?« Tamara schüttelte den Kopf. »Aber es sieht nicht so gut aus.« Gregor fuhr den Computer runter. »Komm, Tami, lass uns etwas essen.« »Ich kann jetzt nichts essen.« »Dann setzt dich zu mir.« »Ich muss erst im Büro anrufen und Sachen ins Krankenhaus fahren. Am besten nehme ich...« Weiter kam sie nicht. Gregor nahm sie in den Arm. »Hey Schatz, beruhige dich. Deine Mutter ist im Krankenhaus in den besten Händen!« »Du hast recht. Ich werde morgen zu ihr fahren, wenn ich ausgeschlafen habe und etwas klarer denken kann.

Tamara schlief die Nacht kaum. Ständig musste sie an ihre Mutter denken. Sie sah Gregor an. Der schlief und schnarchte dabei etwas. Plötzlich fiel Tamara ein, dass sie vergessen hatte, auf der Arbeit anzurufen. Sie wollte gleich nach dem Aufstehen dort anrufen.

Am nächsten Morgen wachte Tamara sehr früh auf. Als sie in die Küche kam, stand Gregor am Herd. »Guten Morgen, mein Schatz.« Er kam auf Tamara zu und gab ihr einen Kuss auf ihre Stirn. »Ich habe im Büro Bescheid gesagt, du bekommst eine Woche Urlaub.« Tamara sah ihren Mann dankend an.

Nachdem beide etwas gegessen hatten, ging Tamara in die Wohnung ihrer Mutter.

Als vor einem Jahr ihr Vater verstorben war, holten sie ihre Mutter zu sich. Die Eigentumswohnung, in der diese vorher mit ihrem Mann gewohnt hatte, sollte vermietet werden. Tamaras Mutter bewohnte nun die unteren Räume des Hauses. Langsam ging Tamara in die Küche. Der Tisch war gedeckt und auf dem Herd stand das halb fertige Mittagessen. Ihre Mutter war gerade dabei gewesen, für sich, Tamara und Gregor ein leckeres Essen zu kochen, als es passierte. Tamara sah vor dem Herd Müll liegen. Es war der Müll, den der Notarzt zurückgelassen hatte. Nachdem sie den Müll eingesammelt hatte, ging Tamara ins Schlafzimmer. Dort packt sie einen Koffer mit dem Nötigsten ein. Als Letztes packte sie ein Bild rein, auf dem ihre Mutter mit ihrem Mann und Tamara mit Gregor zu sehen waren. Das Bild entstand im letzten Sommer-Urlaub. Tamara musste lächeln, als sie an den Urlaub denken musste. Alle vier hatten viel Spaß dabei gehabt. Zwei Wochen nach dem Urlaub starb ihr Vater am plötzlichen Herztod.

Tamara schloss den Koffer. Dann sah sie auf die Uhr. Es war genau zehn Uhr. Gregor war zur Arbeit gefahren. Tamara brachte den Koffer in ihr Auto und fuhr los. Unterwegs überlegte sie, ob sie den Schlaganfall hätte verhindern können. Sie erinnerte sich daran, dass ihre Mutter in letzter Zeit öfters über starke Kopfschmerzen geklagt hatte. Sie hatte es aber abgelehnt, zu einem Arzt zu gehen. Wenn Tamara sie darauf angesprochen hatte, bekam sie als Antwort: »Hat man mal, geht auch vorbei.« Ja, die Kopfschmerzen waren vorbei, aber um welchen Preis,« dachte Tamara.

Im Krankenhaus traf sie als Erstes Dr. Schenk. »Wie geht es meiner Mutter?« »Den Umständen entsprechend gut.« Können Sie schon etwas Genaueres sagen?« Fragend sah Tamara Dr. Schenk an. »Sie müssen damit rechnen, dass ihre Mutter eine Halbseitenlähmung behält.« Tamara stockte der Atem. Das würde bedeuten, dass ihre Mutter bei allen Sachen Hilfe brauchte. Wie sollte das alles funktionieren? Dr. Schenk bemerkte, dass Tamara so am Grübeln war. »Jetzt besuchen sie erst einmal Ihre Mutter, die freut sich bestimmt.« Tamara nickte zustimmend.

Bevor sie an der Tür klopfte, wischte sie sich eine Träne aus dem Gesicht. Ihre Mutter sollte nicht sehen, dass sie geweint hatte. Nachdem sie geklopft hatte, öffnete sie langsam die Tür. Ihre Mutter saß aufrecht im Bett. Sie wurde durch mehrere Kissen gestützt. Im Gesicht hatte sie einen Schlauch, durch den sie Sauerstoff erhielt. In ihren Arm floss langsam eine Flüssigkeit. Tamara kam auf ihre Mutter zu und gab ihr einen Kuss auf die Stirn.

»Wie geht es dir, Mam?« »Gut! Hat der Arzt schon etwas gesagt, wann ich nach Hause kann? Ich habe zu Hause genug zu tun.« Tamara atmete auf. Ihre Mutter war ganz die Alte. Schon immer hatte sie sich um alles gekümmert, nur nicht um ihre Gesundheit. »Du sollst dich jetzt erst mal erholen, und dann sehen wir weiter.« Mit ernstem Gesicht sah ihre Mutter sie an. »Was sehen wir weiter?« »Na ja, wie es anschließend weiter geht.« »Nur damit du es weißt, ich gehe nicht in ein Pflegeheim. Das hast du mir versprochen.« Tamara nickte bedrückt. Es stimmte. Sie hatte es versprochen, als sie ihre Mutter zu sich geholt hatte.

Beide schwiegen eine Weile. Dann fragte Tamaras Mutter: »Hast du mit Gregor schon gesprochen?« »Wann hätte ich denn mit ihm reden sollen?« »Tami, du musst endlich mit ihm reden. Er wird sich freuen, wenn er erfährt, dass du schwanger bist.« »Ja, du hast ja recht. Ich werde es ihm heute Abend sagen.« Plötzlich klopfte es an der Tür. Nachdem Tamaras Mutter kurz »Herein« gerufen hatte, kam eine Schwester mit einem Essenstablett herein. »So, Frau Tusch, hier ist ihr Mittagessen. Soll ich Ihnen helfen?« Frau Tusch schüttelte den Kopf. »Meine Tochter hilft mir.« Daraufhin verließ die Krankenschwester das Zimmer. »Du hilfst mir doch, oder?« Fragend sah sie Tamara an. »Klar helfe ich dir.« »Wunderbar, dann kannst du mir erst mal das Fleisch hier klein schneiden.« Nachdem Tamara alle Wünsche ihrer Mutter erfüllt hatte, setzte sie sich auf einen Stuhl und beobachtete ihre Mutter, die versuchte, mit der linken Hand zu essen. Es schien gar nicht so einfach zu sein. Tamara konnte sehen, wie die Hand ihrer Mutter öfters stark zitterte. »Soll ich dir helfen?« Die Mutter schüttelte den Kopf. Sie versuchte, eine Kartoffel auf die Gabel zu spießen. Als sie fast damit am Mund war, fing sie wieder stark an zu zittern, sodass die Kartoffel runterfiel. Langsam ließ sie ihren Arm sinken.

Dann ging alle sehr schnell. Tamara sah, wie ihre Mutter die Gabel wieder nahm und diese Richtung Tür warf. Ein paar Tränen liefen ihr über die Wange. »Ach Tami, warum gerade ich?« »Ich weiß nicht, warum, aber wir werden es schaffen, zusammen«, antwortete sie, während sie die Gabel vom Fußboden aufhob. Dann nahm sie den Stuhl und setzte sich etwas näher ans Bett. »Kann ich dir helfen?« Ihre Mutter zögerte. Schon immer war es ihr schwergefallen, Hilfe anzunehmen, doch sie wusste, dass sie es ohne

Hilfe nicht schaffen würde. Deshalb nickte sie leicht mit dem Kopf.

Tamara fing an, ihrer Mutter das Essen anzureichen. Auch für sie war es ein seltsames Gefühl. Ihre Mutter war sonst immer eine starke Frau. Noch nie hatte Tamara sie weinen gesehen.

Tamara blieb noch bis zum späten Nachmittag. Dann verabschiedete sie sich und wollte gerade zur Tür rausgehen, als ihre Mutter ihr hinterher rief: »Du denkst daran, mit Gregor zu reden, sonst mache ich das!« Tamara grinste und verließ das Zimmer.

Zu Hause angekommen, fing Tamara sofort damit an, das Abendessen vorzubereiten. Es dauerte nicht lange, da kam Gregor zur Haustüre herein. »Hallo Schatz, wie geht es deiner Mutter?« »Och, der geht es den Umständen entsprechend wieder gut.« »Was heißt das?« »Nun sie fragt schon wieder, wann sie entlassen wird.« Tamara sah Gregor an. »Nein, aber jetzt mal im Ernst. Sie behält wahrscheinlich eine Halbseitenlähmung. Oh Gregor, wie sollen wir das schaffen? Vielleicht sollten wir doch mal überlegen, was es für Möglichkeiten gibt. Manche Heime sind gar nicht so schlecht.« »Tami, rede doch nicht so etwas. Wir werden einfach mein Arbeitszimmer ausräumen und Mama bekommt dort ein schönes Zimmer.« Tamara sah ihn an. »Das geht, nicht,« sagte Tamara ganz trocken. Verwundert sah Gregor sie an. »Warum nicht?« Tamara sah Gregor direkt in die Augen. Dieser merkte, dass ihre Augen irgendwie leuchteten. Das taten sie nur, wenn sich Tamara über irgendetwas sehr freute. Gregor überlegte, doch ihm fiel nichts ein. Tamara nahm Gregors Hand und legte diese auf ihren Bauch. »Nein, oder?«, schrie Gregor. Als er sah, dass Tamara lächelnd nickte, fiel er ihr um den Hals. »Wie weit sind wir?« »Erst in der fünften Woche.«

Gregor strahlte über das ganze Gesicht. Beide hatten

sich so sehr ein Kind gewünscht und nie hatte es geklappt. Und nun war Tamara schwanger. Gregor sah Tamara mit strahlenden Augen an. Dann sah er Richtung Arbeitszimmer. »Lass uns für Mama dort das Zimmer machen. Du bist erst in der fünften Woche, und das Kleine kann die erste Zeit auch bei uns schlafen, und was dann kommt, sehen wir dann.« Tamara zögerte erst, doch als sie Gregor anblickte, der sie lächelnd ansah, war sie einverstanden.

In den nächsten Tagen hatte Tamara viel zu erledigen. Sie erkundigte sich bei der Krankenkasse über ihre Mutter.

Zum Schluss des Gespräches gab die junge Frau von der Krankenkasse Tamara einen Handzettel von einem Pflegedienst. Im Auto sah Tamara sich den Zettel an. Sie schüttelte den Kopf. Nein, ihre Mutter sollte von keinem Fremden gepflegt werden, deshalb schob sie den Zettel unter ihren Beifahrersitz.

In der Zwischenzeit räumte Gregor sein Arbeitszimmer leer.

Tamara besuchte ihre Mutter jeden Tag im Krankenhaus. Als sie eines Tages wieder einmal den langen Flur im Krankenhaus entlang lief, sah sie am Ende des Ganges ihre Mutter in einem Rollstuhl sitzen. Sie merkte, dass ihre Mutter am Weinen war. »Was ist los, Mam?« Frau Tusch erschrak. Schnell wischte sie sich die Tränen aus dem Gesicht. »Ach nichts,« antwortete sie. »Mam, du hast was, sonst würdest du hier nicht sitzen und weinen.« »Bitte Tami, ich möchte nicht darüber reden. Wie geht es dir und dem Kind?« »Gut, aber ...« »Kein aber...« Tamara spürte, dass ihre Mutter sauer wurde. Deshalb versuchte sie, das Thema zu wechseln. »Du bekommst ein Zimmer in Gregors Arbeitszimmer. Gregor tapeziert es heute.« Tamaras Mutter hörte gespannt zu. Sie sah Tamara dankend an. Ihre Tochter würde ihr Versprechen einhalten. Sie selber hatte ihren Vater damals in ein Altenheim abgeschoben, weil sie Angst gehabt hatte vor der Aufgabe. Noch nicht einmal versucht hatte sie es.

Tamaras Mutter war stolz auf ihre Tochter.

Die Tage vergingen und das Arbeitszimmer verwandelte sich langsam in ein Schlafzimmer.

An einem Mittwochmorgen war es so weit. Tamara fuhr ins Krankenhaus. Ihre Mutter wurde von einem Krankenwagen abgeholt, der sie wieder nach Hause brachte. Tamara hatte noch ein kurzes Gespräch mit Dr. Schenk.

Anschließend fuhr auch sie nach Hause. Sie sah gerade noch, wie der Krankenwagen wieder wegfuhr. Tamara ging ins Haus. Dort hörte sie, wie sich ihre Mutter mit Gregor unterhielt. »Und, gefällt es dir?« »Ja, ich bin so stolz auf euch.«

In dem Moment kam Tamara zur Türe herein. Gregor nahm sie in den Arm. »Wir werden das alles schaffen.« Tamara und ihre Mutter nickten gleichzeitig.

Am nächsten Morgen wachte Tamara um sieben Uhr auf. Sie blickte neben sich. Gregor lag neben ihr und schnarchte etwas. Tamara strich ihm über das Gesicht. Gregor wachte auf. »Guten Morgen, Schatz.« Er gab Tamara einen Kuss. Ein paar Minuten blieben beide noch eng umschlungen im Bett liegen. Dann sagte Tamara: »Schlaf noch ein bisschen. Ich werde mich um Mam kümmern und anschließend zur Arbeit gehen.« Gregor nickte.

Langsam ging Tamara ins Bad. Nachdem sie sich fertiggewaschen und umgezogen hatte, ging sie zu ihrer Mutter. »Guten Morgen, Mama.« Tamaras Mutter öffnete verschlafen die Augen. »Guten Morgen.« »Mama, ich wolle dir schnell beim Waschen helfen. Und danach muss ich zur Arbeit, aber Gregor ist da, der hat Urlaub.« Tamara holte eine Waschschüssel aus dem Bad. »So, dann fangen wir mal an.« Vorsichtig wusch Tamara ihrer Mutter das

Gesicht. Dabei hatte sie ein komisches Gefühl. Nachdem sie das Gesicht abgetrocknet hatte, zog sie ihrer Mutter das Nachthemd aus, was ihr sehr schwerfiel. Nun lag ihre Mutter nackt vor ihr im Bett. Tamara spürte, dass sich ihre Mutter sehr schämte, aber auch sie selbste fühlte sich dabei sehr unwohl.

Zum Schluss zog Tamara ihrer Mutter ein frisches Nachthemd an. Sie gab ih einen Kuss auf die Stirn und sagte: »So, ich muss jetzt gehen. Wenn etwas ist, kannst du Gregor rufen.« Frau Tusch nickte.

Die Wochen vergingen, und Tamara hatte sich schließlich daran gewöhnt, ihre Mutter zu waschen.

Tamara spürte, dass irgendetwas ihre Mutter quälte, doch wenn sie sie darauf ansprach, lenkte die immer ab auf ein anderes Thema. Oft hatte Tamara schon des Nachts gehört, wie ihre Mutter leise im Bett weinte, doch wenn sie sie darauf ansprach, reagierte die entweder gar nicht oder sie wurde böse.

Als an einem Montagmorgen ein Rollstuhl geliefert wurde, freute sich Tamara sehr.

Gregor half seine Schwiegermutter, sich in den Rollstuhl zu setzen. Diese strahlte. Endlich konnte sie wieder nach draußen und musste nicht den ganzen Tag im Bett liegen. Nachdem Gregor sich verabschiedet hatte, sah Tamara ihre Mutter an. »Du, ich muss heute zum Arzt. Willst du nicht mitkommen?« Ohne eine Antwort abzuwarten, holte sie eine Jacke und eine Decke für ihre Mutter.

Kurz darauf schob Tamara ihre Mutter mit dem Rollstuhl quer durch die Stadt. Zum Glück lag die Arztpraxis im Erdgeschoss, sodass sie keine Probleme beim Hineinfahren hatten.

Die Arzthelferin an der Anmeldung begrüßte beide freundlich. Sie kannte Tamaras Mutter noch von der Zeit, als diese selbst mit Tamara schwanger gewesen war. Während Tamara schon einmal ihre Jacken wegbrachte, unterhielten sich ihre Mutter und die Arzthelferin.

Es dauerte nicht lange, da wurde Tamara aufgerufen. Zusammen mit ihrer Mutter ging sie ins Behandlungszimmer. Dr. Wohlge begrüßte beide. »Na, wie geht es denn euch dreien?« Dr. Wohlge war ein guter Freund von Tamaras Vater gewesen, deshalb kannte er Tamara und ihre Mutter sehr gut. »Gut, danke,« antworteten die beiden Frauen im Chor.

Sie sahen sich an und mussten lachen. »Das freut mich. Na, dann wollen wir mal sehen, wie es dem Nachwuchs geht.« Tamara legte sich auf eine Liege. Kurz darauf fuhr Dr. Wohlge mit einem Ultraschallkopf über Tamaras Bauch. »Mmmhh ... mmmhh ...« »Ist was?«, fragte Tamara und sah Dr. Wohlge an. Dieser antwortete nicht, sondern sah sich das Ultraschallbild noch einmal etwas genauer an. Dann sah er Tamara an. »Ich würde gerne eine Amniozentese, also eine sogenannte Fruchtwasseruntersuchung, machen, da dein Kind auffällig klein ist und außerdem sehr viel Fruchtwasser vorhanden ist.« »Hast du einen Verdacht?« »Nun ja, manchmal können das Anzeichen von einem Down-Syndrom sein, aber Gewissheit haben wir erst nach der Untersuchung.« Erschrocken sah Tamara ihre Mutter an. Diese versuchte, Tamara zu beruhigen. »Jetzt lass uns doch erst einmal abwarten. Vielleicht ist es ja gar nicht so schlimm.« »Du hast recht. Bitte sage Gregor erst einmal nichts davon.« Nickend sah Tamaras Mutter sie an. »Okay, wann soll diese Fruchtwasseruntersuchung gemacht werden?« »Wir können sie morgen oder am Mittwoch machen.« »Wann würde es morgen gehen?« Nachdem Dr. Wohlge in seinem Kalender nachgeschaut hatte, sagte er: »Um 16 Uhr. » »Okay, da werde ich da sein.« Dr. Wohlge klärte Tamara über die Untersuchung auf und auch über die Risiken, die es bei so einer Untersuchung gab. Nachdem 'Tamara keine Fragen mehr hatte, verabschiedete sich Dr. Wohlge von Tamara und ihrer Mutter.

Kurz darauf verließen die beiden Frauen die Arztpraxis. Tamara war etwas nachdenklich. Gregor hatte ihr einmal von einem Cousin erzählt, der das Down-Syndrom hatte. Er war vor vielen Jahren mit seinen Eltern bei einem Autounfall verstorben, als er gerade einmal dreizehn Jahre alt war.

Den restlichen Nachmittag war Tamara damit beschäftigt, im Internet alles über das Thema »Down-Syndrom« herauszubekommen.

Als Gregor am Abend von der Arbeit nach Hause kam, merkte er sofort, dass etwas mit seiner Frau nicht stimmte. Tamara saß auf dem Balkon und blickte in den sternenklaren Himmel. Gregor kam von hinten auf sie zu und umarmte sie. Dabei spürte er, dass Tamara geweint hatte. »Hey Schatz, was ist los?« Er wischte Tamara die Tränen aus dem Gesicht und gab ihr einen Kuss. »Es ist nichts,« antwortete Tamara. »Wenn nichts wäre, würdest du nicht weinen, also was ist los?« Gregors Stimme wurde sehr ernst. Tamara sah ihren Mann direkt in die Augen. Wieder lief eine Träne über ihre Wange. »Liebst du mich?«, fragte Tamara und sah Gregor weiter direkt in die Augen. »Was soll denn diese Frage? Klar liebe ich dich.« Er wollte Tamara einen Kuss geben, doch diese wich ihm aus. »Würdest du mich auch lieben, wenn ich kein gesundes Kind bekomme?« »Schatz, du bist die Frau meiner Träume. Dich habe ich geheiratet, weil ich dich liebe. Du würdest dich doch nicht ändern, nur weil dein Kind nicht gesund wäre.« Gregor streichelte Tamara übers Gesicht. Auf einmal kam alles aus Tamara heraus. Sie erzählte ihrem Mann von dem Verdacht. »Gregor, ich habe Angst!«

»Ich werde morgen mit zum Arzt kommen.« Dankend sah Tamara Gregor an.

In der Nacht lag Tamara lange wach. Sie dacht viel nach. Wie würde wohl ein Leben mit einem behinderten Kind aussehen?

Tamara sah zu Gregor. Der schlief tief und fest. Sie lächelte und erinnerte sich daran, wie sie Gregor kennengelernt hatte. Beide waren noch sehr jung gewesen. Tamara hatte gerade ihr Abitur bestanden, als sie mit ihrer besten Freundin eine Woche nach Frankfurt in eine Jugendherberge fuhr, um dort eine Woche Urlaub zu machen, ohne Eltern. Gregor machte zu diesem Zeitpunkt seinen Zivildienst in dieser Jugendherberge. Als Tamara an einem Abend allein auf dem Hof auf einer Bank saß, kam Gregor auf sie zu. Beide hatten sich bis spät in die Nacht unterhalten.

Tamara lächelte, während sie an diese Nacht zurückdachte. Mit den Gedanken daran schlief sie ein.

Am nächsten Morgen wachte Tamara schon früh auf, obwohl sie erst sehr spät eingeschlafen war. Doch die Untersuchung ließ ihr keine Ruhe.

Sie ging ins Bad. Dort zog sie ihren Schlafanzug aus. Im Spiegel betrachtete sie ihren Bauch. Mittlerweile konnte man schon eine kleine Kugel sehen. Tamara strich sich über den Bauch. Was würde die Untersuchung wohl ergeben? Nachdem Tamara sich gewaschen hatte, ging sie zu ihrer Mutter. Sie gab ihr einen Kuss auf die Stirn und holte die Waschschüssel. Anschließend gab sie ihrer Mutter den Waschlappen in die linke Hand. »Ich muss noch etwas holen. Wasch dir schon einmal dein Gesicht,« rief Tamara, während sie noch Lotion aus dem Bad holte. Als sie wieder zurückkam, sah sie, dass der Waschlappen auf dem Boden lag. »Warum hast du den Waschlappen auf den Boden geworfen?« »Weil ich es nicht schaffe.« Die Mutter drehte ihren Kopf zur Seite. Tamara hörte sie leise schluchzen. »Mam, du musst dich auch ein bisschen anstrengen. Die Schwestern im Krankenhaus haben gesagt, dass du mithelfen musst, sonst wird das nie was.« »Vergiss es, ich bin ein Krüppel.« Tamara sah ihre Mutter an. Keine sagte ein Wort. Es dauerte ein paar Minuten, bis Tamara den Waschlappen aufhob und anfing, ihre Mutter zu waschen. »Bitte, Tamara, versetz dich doch mal in meine Lage. Ich habe alles mit der rechten Hand gemacht, und nun?« »Nun geht das Leben weiter,« antwortete Tamara. Ihre Mutter sah sie an. Ja, ihre Tochter hatte recht. Sie lächelte Tamara an und sagte: »Ich werde mir Mühe geben.« »Ich helfe dir auch,« entgegnete Tamara.

Nachdem ihre Mutter fertig gewaschen war, zog Tamara ihr ein frisches Nachthemd an. »Hast du nicht heute den Termin?« Tamara nickte. »Gregor kommt mit.« »Hast du es ihm gesagt?« »Ja, gestern Abend.« »Und?« »Abwarten.« Während Tamara sich um ihre Mutter kümmerte, hatte Gregor das Frühstück vorbereitet. Mit einem Tablett brachte er es in das Schlafzimmer seiner Schwiegermutter. Tamara setzte sich auf einen Sessel, der in einer Ecke stand. Sie nahm sich eine Tasse Kaffee und ein Brötchen. Gregor stellte sich ans Bett und fing an, seiner Schwiegermutter das Essen anzureichen. »Was wird eigentlich heute genau gemacht?« Fragend sah er seine Frau an. »Also zuerst wird mit dem Ultraschall geschaut, wie das Kind liegt. Danach wird eine geeignete Einstichstelle ermittelt,« erklärte Tamara. Dr. Wohlge hatte es ihr ganz genau erklärt. »Nun wird unter ständiger Ultraschallkontrolle eine dünne Nadel durch die Bauchdecke bis in die Fruchtblase eingeführt. Dort werden etwa zwanzig Milliliter Flüssigkeit abgesaugt. Und dann heißt es warten.« »Und wie lange dauert das, bis wir das Ergebnis bekommen?« »Dr. Wohlge meinte, drei bis vier Wochen. »Wir schaffen das.«

Gregor gab Tamara einen Kuss. »Ja, wir schaffen das,« rief Frau Tusch.

Der Vormittag verging wie im Flug. Tamara telefonierte mit ihrem Büro und teilte ihrer Sekretärin mit, dass sie am nächsten Tag um 10 Uhr kommen wollte. Ihre Sekretärin sollte dann schon einmal die ganzen Pläne zu ihr ins Büro legen.

Um 15:30 Uhr rief Gregor: »Schatz, wir müssen los!« »Ich komme,« rief Tamara, die gerade bei ihrer Mutter war. »Wir sind jetzt weg. Ich habe Tina Bescheid gesagt. Die kommt nachher mal rüber und schaut nach dir.« Tina war Tamaras Nachbarin. Beide waren schon lange befreundet.

Auf der Fahrt zur Praxis merkte Tamara, wie ihr Herz laut schlug. Gregor strich ihr über das Bein. »Das wird schon!«

In der Praxis wurden sie von einer Arzthelferin begrüßt. »Hallo. Sie sind da wegen der Amniozentese, oder?« Tamara nickte. »Nehmen Sie noch mal im Wartezimmer Platz. Sie werden dann aufgerufen.«

Im Wartezimmer saß eine junge Frau. Als sie Tamara sah, schossen ihr die Tränen in die Augen. »Was ist los? Können wir Ihnen helfen?«, fragte Gregor. Die Frau schüttelte den Kopf. »Bekommen Sie ein Kind?« Fragend drehte sich die Frau zu Tamara. Tamara nickte lächelnd.

Die Frau sah Tamara mit traurigen Augen an. »Ich hätte auch gerne Kinder gehabt, aber ich kann keine mehr bekommen.« Beide Frauen unterhielten sich, während Gregor in einer Motorzeitschrift blätterte. Tamara erfuhr, dass die junge Frau Gebärmutterhalskrebs hatte und daher keine Kinder mehr bekommen konnte. Als die junge Frau von der Arzthelferin aufgerufen wurde, rief Tamara ihr hinterher: »Alles Gute für Sie.« Die Frau bedankte sich, wischte sich die Tränen aus dem Gesicht und verließ das Wartezimmer.

Tamara lehnte ihren Kopf an Gregors Schulter. »Die Arme kann überhaupt keine Kinder mehr bekommen.« Gregor strich Tamara über den Kopf.

Die Tür vom Wartezimmer wurde geöffnet. »So, Frau Schubert kommen Sie einmal mit mir!« Tamara und Gregor folgten der Arzthelferin, die sie in einen Behandlungsraum brachte. »Frau Schubert, Sie können schon einmal hier vorne Platz nehmen.« Sie zeigte auf eine Liege. »Der Doc kommt gleich.« Damit verschwand die Arzthelferin wieder.

Tamara setzte sich auf die Liege. Es dauerte auch nicht lange, da kam Dr. Wohlge. »Guten Morgen. Na, können wir anfangen?« Tamara bejahte und legte sich auf die Liege. Dr. Wohlge schob Tamaras Pullover etwas nach oben. »Vorsichtig, jetzt wird es etwas kalt,« rief Dr. Wohlge, während er sich den Ultraschallkopf holte. Anschließend sah er sich auf dem Ultraschallbild das ungeborene Kind an. Er suchte eine geeignete Stelle für die Nadel. Als er eine gefunden hatte, nahm er eine Flasche Desinfektionsmittel und besprühte damit die Stelle. Gregor folgte jedem Schritt, den Dr. Wohlge ausführte ,mit den Augen. Dr. Wohlge holte die lange Nadel, mit der er an der Stelle ansetzte, die er ausgesucht hatte. Mit der anderen Hand hielt er immer noch den Ultraschallkopf fest. »Tut das weh?«, fragte Gregor. »Nein, das ist nur wie ein Stich beim Blutabnehmen.« Gregor sah, wie Dr. Wohlge mit der Nadel in den Bauch stieß. Gregor nahm Tamaras Hand. Je weiter die Nadel in den Bauch ging, umso kräftiger drückte er die Hand seiner Frau. »Hey, Gregor, willst du mir die Hand brechen?«, fragte Tamara. Gregor schüttelte den Kopf und ließ die Hand etwas lockerer.

Währenddessen war Dr. Wohlge an der gewünschten Stelle. Mit einer Spritze zog er etwas Flüssigkeit heraus. »Das ist also Fruchtwasser?«, rief Gregor. »Genauso ist es,« antwortete Dr. Wohlge. »Das werden wir jetzt ins Labor geben und in 3 bis 4 Wochen haben wir das Ergebnis.« Dr. Wohlge verabschiedete sich von beiden und ging aus dem Behandlungszimmer. Tamara nahm ihre Jacke und verließ mit Gregor das Zimmer. Nachdem ihr eine Arzthelferin gesagt hatte, dass sie sich melden würden, verließen Gregor und Tamara die Arztpraxis.

»Komm, lass uns etwas essen gehen. Ich habe Hunger,« rief Gregor. Tamara grinste.

In den nächsten Tagen hieß es, Geduld zu haben und zu warten. Tamara versuchte, sich abzulenken, und war deshalb viel im Büro.

Eines Abends lag Tamara neben Gregor im Bett. »Was ist, wenn unser Kind wirklich behindert ist?« »Na und? Dann ist es trotzdem unser Kind,« antwortete Gregor und gab Tamara einen Kuss auf den Mund. »Das schon, aber...« Weiter kam sie nicht. Gregor legte seinen Zeigefinger auf ihre Lippen. »Kein aber! Wir werden auch das schaffen.« Beide schwiegen. Dann richtete Tamara sich auf und sah Gregor direkt in die Augen.

»Erzähl mir was von deinem Cousin!« »Von Jannik?« Tamara nickte. Gregor strich ihr über die Stirn. »Jannik war der liebste Junge, den ich kannte.« Gregor grinste.« Einmal waren wir bei Tante Rosi auf einem Geburtstag. Da wollten wir alle eine Fahrradtour machen. Wir hatten extra unsere Fahrräder mitgebracht. Als wir sie rausholten, sahen wir, dass meins ein Loch hatte.« »Und dann?« Tamara hörte gespannt zu. »Jannik sah erst mich an und dann mein kaputtes Fahrrad. Er sagte: »Oh, oh. Kann man nicht fahren.« Ich bin ins Haus und habe geweint. Dann kam Oma Marie und sagte: »Weine doch nicht. Du kannst doch das alte Fahrrad von Jannik nehmen, das steht noch hinten in der Garage.« Ich heulte weiter und schrie: »Das olle Teil will ich nicht.« In dem Moment kam Jannik zur Tür rein. »Hier.« Er gab mir den Fahrradschlüssel von seinem neuen Fahrrad. Er hatte es erst vor wenigen Tagen zum Geburtstag geschenkt bekommen. Fahrradfahren war schon immer seine größte Leidenschaft gewesen, und an diesem Tag wollte er sein neues Fahrrad einführen. Er hatte schon so lange darauf gewartet. Ich sah ihn verdutzt an. »Nimm. Ich fahre das olle Ding.« Er sah mich an und grinste. »Beeil dich, sonst sind wir gleich über alle Berge.« Lächelnd lief Jannik nach draußen. Wir haben dann unterwegs auch mal die Fahrräder getauscht und ich bin das olle Ding gefahren, aber ich bin als Allererster mit dem neuen Fahrrad gefahren und habe es eingefahren.« Tamara musste lachen. Gregor schloss die Augen und dachte an diesen Tag zurück.

Am nächsten Tag fuhren beide für das Mittagessen in die Stadt und gingen dort in ein Restaurant.

Die Tage vergingen, und Tamara wurde immer nervöser. Gregor hatte ihr auch Bilder rausgesucht, auf Jannik zu sehen war. »Ein Junge mit Down-Syndrom, aber doch lebensfroh,« dachte Tamara. So sollte auch ihr Kind rüberkommen, auch wenn es das Down-Syndrom haben sollte.

Wieder verstrichen viele Tage. Tamara sah sich jeden Tag im Spiegel an. Sie sah, wie ihr Bauch jeden Tag etwas dicker wurde. Dann streichelte sie über den Bauch und dachte: »Wie du wohl aussiehst?«

Eines Morgens, als Tamara gerade dabei war, ihrer Mutter die Haare zu waschen, rief Gregor: »Tami? Telefon. Es ist die Praxis.« Tamara wischte sich das Haarshampoo an einem Handtuch ab und rannte in die Küche. Gregor hielt ihr den Hörer entgegen. »Ja, Schubert ... mmmhh ...

mmmhh ... okay. Bis dann.« Tamara legte den Hörer auf. »Was ist los? Ist das Ergebnis da?« Fragend sah Gregor seine Frau an. Diese schüttelte den Kopf. »Nein. Ich soll nachher mal vorbeikommen. Kommst du mit?« Gregor nickte. Tamara ging wieder zu ihrer Mutter. Ihre Mutter fing an, Tamara etwas zu erzählen, doch diese war mit ihren Gedanken wo anders. War doch nicht alles in Ordnung? Man hätte ihr sonst doch am Telefon gesagt, dass alles in Ordnung wäre, oder? Tamaras Mutter merkte, wie abwesend ihre Tochter war. »Du denkst ans Ergebnis, oder?« »Ja,« stimmte Tamara zu. »Ach Kind, das wird schon.« Sie strich Tamara mit der linken Hand über das Gesicht.

Nach dem Mittagessen machten sie sich auf den Weg zur Praxis. Im Wartezimmer beobachtete Tamara ein paar kleine Kinder, die dort spielten.

Als sie von einer Arzthelferin gerufen wurde, merkte Tamara, wie ihr Herz schneller zu schlagen begann. Gregor nahm ihre Hand und gab ihr einen Kuss. »Nehmen Sie schon einmal Platz. Der Arzt kommt gleich,« sagte die Arzthelferin und zeigte auf zwei Stühle, die vor einem Schreibtisch standen. Gregor half Tamara, die Jacke auszuziehen, und setzte sich anschließend neben Tamara, die bereits auf einem Stuhl Platz genommen hatte. Es dauerte nicht lange, da kam Dr. Wohlge. Er begrüßte beide und ging dann hinter seinen Schreibtisch. Dort setzte er sich auf einen Stuhl. Nachdem er die Akte von Tamara geöffnet hatte, fing er an: »Also das Ergebnis ist da. Euer Kind hat ein Chromosom zu viel, und das heißt ...« Weiter kam er nicht. »Das heißt, dass es behindert ist,« fiel Tamara ihm ins Wort. »Es wird mit aller Wahrscheinlichkeit das Down-Syndrom haben.

Tamara sah zu Boden. Sie merkte, wie ihr eine Träne über das Gesicht lief. »Und was bedeutet das jetzt für uns?«, fragte Gregor. Tamara bekam nicht mit, was Dr.

Wohlge darauf antwortete. Sie war so in Gedanken versunken. Wollte sie dieses Kind überhaupt, wenn es behindert war? Hätte sie es nicht abtreiben sollen, als Dr. Wohlge die Vermutung geäußert hatte? Nun war es für eine Abtreibung zu spät. Tamara strich sich über den Bauch. »Warum nur?«, fragte sie das ungeborene Kind. Sie versuchte, in sich hineinzuhören, als würde sie eine Antwort bekommen. Gregor hatte die ganze Zeit Tamaras Hand festgehalten und diese gestreichelt.

Nachdem Dr. Wohlge mit Tamara einen neuen Termin ausgemacht hatte, verabschiedete er sich von Tamara und von Gregor.

Gregor und Tamara fuhren nach Hause. Beide schwiegen sich an. Nachdem beide zu Hause etwas gegessen hatten, sagte Gregor: »Komm, Tami, lass uns etwas spazieren gehen.« Tamara holte ihre Jacke. Sie zog ihre Schuhe an und verließ mit Gregor das Haus. Die Sonne war gerade dabei, unterzugehen. Gregor und Tamara gingen eng umschlungen die Straße entlang. »Warum, Gregor? Warum wir? Was haben wir getan?« Tamara blieb stehen und sah Gregor fragend an. Dieser strich Tamara über den Kopf. »Ich weiß es nicht, mein Schatz.«

Beide gingen noch eine Weile spazieren, bevor sie wieder nach Hause gingen. In der Nacht lag Tamara wach. Sie strich sich immer wieder über ihren Bauch und fragte ihr ungeborenes Kind: »Warum?« Sie schloss ihre Augen. Tamara versuchte erneut in sich reinzuhören. Irgendwann schlief sie mit verweinten Augen ein.

Die Tage vergingen. Eines Morgens waren alle bei Tamaras Mutter im Zimmer beim Frühstücken. Während Gregor seiner Schwiegermutter das Essen anreichte, sagte er: »Wir müssen uns Hilfe holen für deine Mutter. Du kannst sie bald nicht mehr alleine waschen.« Tamara schüttelte den Kopf. »Nein, ich schaffe das schon.« »Schatz, dein Bauch wächst und wächst. Ich sehe doch, wie schwer dir das fällt.« Gregor sah Tamara an. »Ich will doch nur, dass es dir und unserem Kind gut geht.« »Mir und dem behinderten Kind.« Tamara fing an, zu weinen. Sie ging zum Fenster und sah raus.

»Gregor? Kannst du mir noch einen Kaffee holen?«, fragte Tamaras Mutter. Gregor nahm die Tasse und verließ das Zimmer. »Tamara, komm bitte mal her.« Tamara kam zu ihrer Mutter und setzte sich an die Bettkante. »Liebes, ich glaube, Gregor hat recht ...« »Aber ...« »Kein aber. Es wird sich doch nichts ändern. Es wird nur jemand kommen, der dir hilft beim Waschen.« Tamara sah ihre Mutter an. »Bitte, Tamara, ich möchte nicht,

dass du dich wegen mir kaputtmachst. Lass es uns wenigstens versuchen.« Tamara schwieg für ein paar Sekunden. Dann sagte sie: »Okay, wir können es ja mal versuchen.« Zufrieden sah ihre Mutter sie an.

In dem Moment kam Gregor mit der Tasse Kaffee die Tür herein. »Gut, Gregor, wir können es ja mal versuchen mit einer Hilfe.« Verdutzt sah Gregor erst seine Frau an und anschließend seine Schwiegermutter. Diese lächelte ihn an.

Nachdem alle drei fertig gefrühstückt hatten, ging Tamara zu ihrem Auto. Dort suchte sie unter dem Beifahrersitz nach dem Handzettel, welchen ihr die Frau von der Krankenkasse gegeben hatte. Es dauerte nicht lange, da hielt Tamara den Zettel in der Hand. »Ambulanter Pflegedienst Susanne Stepke« stand darauf. Tamara nahm den Zettel und ging damit wieder ins Haus. Sie legte den Zettel in die Küche auf den Tisch. Nachdem sie sich das Telefon in die Küche geholt hatte, setzte sie sich auf einen Stuhl. Sollte sie wirklich anrufen? Viele Gedanken gingen ihr durch den Kopf. Es dauert etwas, bis Tamara die Nummer wählte, die unten am Rand des Zettels stand. Am anderen Ende meldete sich eine freundliche Frauenstimme.

Nachdem sich beide Frauen etwas unterhalten hatten, sagte die Frauenstimme am anderen Ende: »Haben Sie morgen Zeit? Dann könnten wir alles in Ruhe besprechen.« »Ja, könnte ich so um 17 Uhr vorbeikommen?« Die Frau am anderen Ende bejahte dies.

Tamara legte den Hörer auf. Sie war gespannt, wie das am nächsten Tag werden sollte. Sofort ging sie zu ihrer Mutter. »Ich habe angerufen.« Sie hielt ihrer Mutter den Handzettel hin. Diese nahm den Zettel und nickte. »Gut gemacht, mein Kind.« Tamara kam auf sie zu und gab ihr einen Kuss auf die Stirn.

Später am Tag fuhr Tamara ins Büro. Dort wollte sie sich etwas ablenken. Während sie über Plänen hing, klingelte das Telefon. »Frau Schubert? Ihr Mann ist auf der anderen Leitung, soll ich durchstellen?«, fragte die Sekretärin. »Ja, bitte.« Kurze Zeit später war Gregor am anderen Ende. »Hallo Schatz,« rief er in den Hörer. »Ich … ich wollte mich für heute Morgen entschuldigen. Mam hat mir erzählt, dass du bei einem ambulanten Dienst angerufen hast.« »Ja habe ich. Ich soll morgen gegen Abend dort mal vorbeischauen. Kommst du mit?« »Tut mir leid, aber morgen bin ich den ganzen Tag im Autohaus.« »Macht nichts. Ich komme dann vorbei und hole dich ab,« antwortete Tamara. »Gut, bis später. Hab dich lieb.« »Ich dich auch.« Tamara legte den Hörer auf. Kurz nach 18 Uhr verließ Tamara ihr Büro und fuhr mit ihrem Auto zu einer ihrer Baustellen. Dort hatte sie noch ein kurzes Gespräch mit dem Bauleiter. Nachdem sie mit dem Bauleiter die Pläne durchgegangen war, verabschiedete sie sich und fuhr mit ihrem Auto zum Autohaus, wo ihr Mann gerade einem Kunden zu einem neuen Auto gratulierte. Nachdem der Kunde weg war, kam Tamara auf Gregor zu. »Guten Tag der Herr. Ich wollte mich mal nach einem Auto umschauen.« Gregor schmunzelte. Er gab seiner Frau einen Handkuss. »Oh, sind sie immer so freundlich?« »Nein, aber bei so einer schönen Frau.« Tamara kicherte. Zusammen gingen sie ins Büro von Gregor. Dort holte er seine Jacke. »Ich dachte, du holst mich morgen ab?« »Ja mach ich auch, aber ich war gerade in der Nähe, und da habe ich gedacht, hole ich dich doch ab.« »Freut mich.« Gregor gab Tamara einen Kuss auf den Mund. Diese erwiderte den Kuss.

Nachdem beide zu Abend gegessen hatten, schauten sie zusammen noch etwas Fernsehen. Bevor Tamara sich ins Bett legte, ging sie noch mal bei ihrer Mutter vorbei. Die schlief bereits. Tamara schloss das Fenster und zog die Decke über die Arme von ihrer Mutter. »Schlaf gut, Mam.« Leise schlich sie wieder raus.

Im Schlafzimmer lag Gregor bereits im Bett. »Oh, so ein Zufall. Waren Sie nicht heute im Autohaus?« Nickend kam Tamara auf Gregor zu. »Ja, aber ich wollte mir diesen gut aussehenden Mann einmal von der Nähe anschauen.« Während sie auf Gregor zukam, zog sie ihre Kleidung aus. Gregor hob die Decke hoch. »Na dann kommen sie mal her.« Er gab Tamara einen innigen Kuss. Dann streichelte er ihr über den Bauch. »Und unserem Kleinen geht es auch gut?«, erkundigte sich Gregor. »Bitte Gregor, lass uns jetzt nicht vom Kind sprechen.« »Gut, dann werde ich mich nur dieser schönen Frau widmen.« Bevor beide miteinander schliefen, kuschelten sie eine ganze Zeit lang miteinander.

»Guten Morgen, schöne Frau. « Statt Gregor auch einen guten Morgen zu wünschen gab sie ihm einen Kuss. Gegen acht Uhr verabschiedete sich Gregor und ging zur Arbeit.

Tamara ging zu ihrer Mutter, um diese zu waschen. Dabei merkte sie, dass Gregor recht hatte. Ihr fiel es mittlerweile sehr schwer, ihre Mutter umzudrehen.

Nach dem Frühstück kam Tina zu Besuch. Sie brachte Tamara Babykleidung mit. »Hier, das ist für dein Kind. Joshua braucht es ja nicht mehr.« »Danke schön. Willst du einen Kaffee haben?« »Jab gerne.« Nachdem sie gemeinsam einen Kaffee getrunken hatten, ging Tina wieder nach Hause, da ihr Sohn bald vom Kindergarten kommen würde.

Tamara kochte das Mittagsessen. Sie machte Kartoffelbrei, Fischstäbchen und Salat. Das war ihr Lieblingsessen. Ihre Mutter hatte ihr gezeigt, wie man den Kartoffelbrei aus frischen Kartoffeln macht. Der Salat bestand überwiegend aus Gemüse aus dem Garten. Tamara hatte schon als Kind viel Zeit im Garten verbracht, während ihre Mutter sich um das Gemüse kümmerte. Als ihre Mutter nicht mehr so oft im Garten arbeiten konnte, stellte sie einen Gärtner ein, denn sie wusste, dass Tamara das mit ihrer Arbeit nicht schaffen würde. Aber ihren Garten wollte sie nicht aufgeben.

Tamara ging mit zwei Tellern zu ihrer Mutter. Dort reichte sie ihrer Mutter das Essen an und schob sich zwischendurch selbst etwas in den Mund. »Mam?« »Ja, meine Kleine?« »Du, ich hab so ein schlechtes Gewissen.« »Warum?« »Na wenn du von fremden Leuten gewaschen wirst. Das willst du doch nicht.« »Tami, das habe ich nie gesagt. Ich habe nur gesagt, dass ich nicht in ein Altenheim möchte.« Die beiden Frauen unterhielten sich noch lange. Dann sahen sie zusammen noch fern.

Um kurz vor fünf verabschiedete sich Tamara und machte sich auf den Weg zum ambulanten Pflegedienst. Dieser lag am anderen Ende der Stadt.

Als sie ankam, sah sie viele Autos vor dem Haus stehen, auf denen »Ambulanter Pflegedienst Susanne Stepke« und die Telefonnummer standen. Alle Autos waren klein und rot. Tamara brauchte etwas, bis sie einen Parkplatz gefunden hatte. Als sie ins Haus des ambulanten Dienstes eintrat, wurde sie von einer jungen Frau empfangen. »Hallo, Sie müssen Frau Schubert sein.« »Genau.« »Ich bin Susanne Stepke. Mir gehört das hier. Gehen wir in mein Büro.« Tamara ging mit der Frau in ein Büro. »Nehmen Sie Platz. Möchten sie etwas zu trinken haben?« »Ja, gerne. Ein Wasser, wenn es geht.« Die junge Frau verließ kurz das Büro und kam nach einer Weile mit ein paar Zetteln und einem Glas Wasser wieder. Das Wasser reichte sie Tamara.

»Also, es geht also um Ihre Mutter.« »Genau. Sie hatte vor einem halben Jahr einen Schlaganfall. Seitdem ist sie halbseitig gelähmt. Ich habe sie bisher alleine versorgt, aber mit dem Bauch geht es nicht mehr.« »Gut, wobei bräuchten sie Hilfe?« »Vor allem bei der Grundpflege am Morgen.« »Gut, hat ihre Mutter schon eine Pflegestufe?« »Ja, sie wurde in die Zwei eingestuft.« Susanne Stepke zeigte Tamara, welche Möglichkeiten es gab. Nach einem längeren Gespräch einigten sie sich darauf, dass am nächsten Morgen jemand vorbeikommen und Tamara helfen sollte. Anschließend sollte Tamara wiederkommen, und sie könnte sich dann entscheiden, ob sie mit dem Pflegedienst zusammenarbeiten wollte.

Tamara war damit einverstanden. Sie verabschiedete sich und ging zu ihrem Auto. Es dauerte nicht lange, da hatte sie Gregor abgeholt. Beide gingen etwas essen. Im Restaurant erzählte Tamara ihrem Mann, was sie mit Susanne Stepke besprochen hatte.

Am Abend ging Tamara früh schlafen. Als sie im Bett lag, strich sie sich über den Bauch. Irgendwie mochte sie das ungeborene Kind, obwohl sie wusste, dass es behindert werden würde. Sie dachte an Jannik. Gregor hatte ihr Bilder von ihm gezeigt. Jannik schien ein fröhliches Kind gewesen zu sein. Würde ihr Kind auch so fröhlich werden? Nach kurzem Überlegen sagte Tamara zu sich: »Ja, du wirst ein fröhliches Kind.« Tamara schloss die Augen und schlief ein.

Um 6 Uhr klingelte der Wecker. Tamara stand auf. In circa einer Stunde wollte jemand vom ambulanten Pflegedienst vorbeikommen. Tamara zog sich an und deckte den Frühstückstisch. Verschlafen kam Gregor dazu. Es klingelte, und in der Haustür stand eine junge Frau, ganz in Weiß gekleidet. Sie hatte dunkelblonde schulterlange Haare, die sie mit einer Haarspange zu einem Zopf gebunden hatte. »Hallo, ich bin Thea Felicitas Baum,« stellte sich die junge Frau vor. »Aber sie können Thea zu mir sagen.« »Angenehm. Kommen sie doch bitte rein.« Tamara zeigte Thea, wo das Zimmer von ihrer Mutter war. Sie öffnete die Tür und ging herein. Thea klopfte an der Tür an, bevor sie hinein ging. »Guten Morgen Frau Tusch. Ich bin Thea und wollte Ihrer Tochter heute mal helfen, Sie zu waschen. Sind Sie damit einverstanden?« Die Frau im Bett nickte. Tamara hatte in der Zwischenzeit die Waschschüssel geholt. Thea half Tamara, das Nachthemd ihrer Mutter auszuziehen. Danach nahm sie den Waschlappen. »Frau Tusch, wollen Sie sich das Gesicht selbst waschen?« »Das kann ich nicht.« »Ach, ich helfe Ihnen,« sagte Thea freundlich und stülpte der Frau im Bett den Waschlappen über die linke Hand. »Ist das Wasser warm genug?« »Ja.« Thea nahm die linke Hand von Tamaras Mutter und führte diese zum Gesicht. Langsam wischte sich Tamaras Mutter ihr Gesicht ab. Dabei fing ihre Hand stark an zu zittern. Sie ließ die Hand sinken. »Das machen Sie sehr gut.« Tamara beobachtete alles. Noch nie hatte sich ihre Mutter bei ihr das Gesicht selbst gewaschen. Thea hatte in der Zwischenzeit das Gesicht abgetrocknet und wusch nun den Oberkörper. Tamara nahm das Handtuch und trocknete diesen ab. »So, Frau Tusch, ich drehe sie jetzt mal zu mir, damit Ihre Tochter Ihnen den Rücken waschen kann.« Tamara sah, wie Thea ein Bein ihrer Mutter aufstellte und sie dann zu Seite drehte. Es sah alles so einfach aus. Tamara hatte sich immer abgemüht, bis sie ihre Mutter auf der Seite hatte. Tamara wusch den Rücken. Nachdem sie ihn abgetrocknet hatte, schmierte sie ihn mit Franzbranntwein ein. Danach drehte Thea Frau Tusch wieder auf den Rücken. »Frau Tusch, was möchten Sie für ein Nachthemd anziehen?« »Och, das ist egal,« antwortete Frau Tusch. Tamara holte aus dem Schrank ein blaues Nachthemd und reichte es Thea. Diese zog es Frau Tusch bis zur Hälfte an. Anschließend wusch sie Frau Tusch die Beine. Als sie die Beine fertig abgetrocknet hatte, cremte sie die Beine mit Body Lotion ein. Dann zog Thea sich Handschuhe an, die sie aus ihrer Hosentasche geholt hatte, und öffnete die Windel. Während sie anfing, Frau Tusch vorne rum zu waschen fragte sie: »Wo haben sie neue Windeln?« »Moment, ich hole welche.« Tamara ging nach draußen und holte aus dem Keller eine neue Packung Windeln. Als sie wieder zurückkam, hatte Thea ihre Mutter auf die Seite gedreht und ihr das Gesäß schon gewaschen. Als sie Tamara sah, sagte sie: »Schauen sie mal. Wir müssen ihre Mutter ein bisschen auf die Seite drehen. Ihr Gesäß ist stark gerötet.« Tamara nickte zustimmend. Sie wusste, dass ihre Mutter so rot am Gesäß war, doch sie hatte nicht gewusst, was sie dagegen tun sollte. Sie hatte immer Wundsalbe darauf geschmiert, doch es wurde immer schlimmer. Während Thea die Windel schloss, ging Tamara ins Schlafzimmer und holte zwei Kissen, die Thea haben wollte.

Es dauerte nicht lange, da lag Tamaras Mutter auf der rechten Seite. Thea verabschiedetet sich von Frau Tusch und ging mit Tamara aus dem Zimmer.

»So, Frau Schubert, wenn Sie möchten, können Sie nachher ins Büro gehen, um dort das weitere Vorgehen zu besprechen,« sagte Thea freundlich und gab Tamara zum Abschied die Hand. »Vielen Dank.« Tamara brachte Thea noch an die Tür. Thea verabschiedete sich und stieg in ihr Auto. Tamara sah ihr nach, bis das Auto abbog.

Sofort kam Gregor aus der Küche. »Und wie war es?« »Bei ihr sieht das alles so einfach aus,« antwortete Tamara. »Schatz, die hat das ja auch mehrere Jahre gelernt, und du nicht.« Tamara nickte.

Zusammen gingen sie zu ihrer Mutter. »Und, Mam? Wie war es?« Fragend sah Gregor seine Schwiegermutter an. »Gut, ein nettes junges Mädchen ist Thea,« antwortete diese. »Könntest du dir vorstellen, dass sie jeden Morgen kommt? Zumindest, bis das Baby da ist?« »Ja, kann ich.« »Gut, dann fahr ich gleich mit Tamara dahin und regel das alles. Liegst du gut?« »Geht ihr nur, ich ruhe mich noch etwas aus.« Frau Tusch lächelte ihre Tochter und ihren Schwiegersohn an.

Kurz darauf saßen Tamara und Gregor im Büro von Susanne Stepke. Dort mussten sie einen ganzen Stapel Papierkram ausfüllen und unterschreiben. Zum Schluss erhielten sie eine Karte mit einer Telefonnummer. »Das ist die Nummer von Thea. Wenn irgendetwas sein sollte, können Sie diese Nummer wählen. Wenn Thea nicht da ist, hat Mareike Dienst. Ah, da vorne ist Mareike.« Susanne Stepke zeigte auf eine etwas mollige junge Frau. »Mareike, kommst du gerade mal?« Mareike kam ins Büro von Frau Stepke. Sie reichte Tamara und Gregor die Hand. »Mareike, das sind Herr und Frau Schubert.« »Ach ja, sie sind Angehörige von Frau Tusch. Thea hat mir schon von Ihnen erzählt. Ich bin Mareike.« »Angenehm. Und Sie würden also kommen, wenn Thea nicht kann?« »Genauso ist es.« Mareike lächelte. »Ich lasse Sie jetzt zwar ungern hier zurück, aber ich muss los.« Mareike verabschiedete sich von beiden und ging nach draußen.

Beim Hinausgehen sah Tamara Gregor an. »Ist es wirklich das Richtige?« Fragend sah sie Gregor an. »Ich denke schon.« Am nächsten Tag hatte Tamara einen neuen Arzttermin bei Dr. Wohlge.

Im Wartezimmer traf sie die junge Frau mit Gebärmutterhalskrebs. »Hallo, Sie sind doch Frau Schubert, oder?« »Ja, das haben Sie behalten?« »Na ja, ich bin zurzeit oft hier, und nicht viele unterhalten sich mit mir. Die meisten haben mit sich oder ihrem Baby zu tun. Wie geht es Ihnen und dem Kind?« »Ich denke doch gut.« Tamara strich sich über den Bauch. »Wissen Sie, schon was es wird?« »Nein, Dr. Wohlge wollte es mir heute mitteilen.« »Und? Wissen Sie, ob ihr Kind gesund ist?« Schweigend sah Tamara die junge Frau an. Sie merkte, wie ihr eine Träne über die Wange lief. »Oh entschuldigen sie, ich wollte sie nicht zum Weinen bringen.« »Nein, ist schon okay.« Tamara wischte sich die Tränen aus dem Gesicht. »Es wird mit einem Down-Syndrom auf die Welt kommen.« Die junge Frau sah Tamara an. »Dann müssen sie mal meine kleine Nichte Melinda kennenlernen.« »Warum?« »Die hat auch das Down-Syndrom.« Tamara hörte interessiert zu. Die junge Frau erzählte von Melinda, als wäre Melinda ein ganz gesundes Kind. »Wenn Sie möchten, können Sie nächste Woche vorbeikommen, da ist Melinda bei mir zu Besuch.« »Gerne.« Die Frau schrieb Tamara auf einem Zettel eine Adresse auf. »Nächsten Samstag? So um 15 Uhr?« Tamara nickte.

Gerade, als sie den Zettel entgegennahm, wurde Tamara von einer Arzthelferin aufgerufen. Diese brachte sie in einen Untersuchungsraum. Dort legte Tamara sich auf die Liege, die mitten im Raum stand. Es dauerte nicht lange, dann kam Dr. Wohlge. »So, Tamara, dann wollen wir doch mal schauen.« »Dr. Wohlge machte Ultraschallbilder und nahm Tamara noch etwas Blut ab. »Willst du wissen, was es wird?« Tamara nickte. »Also es wird mit aller Wahrscheinlichkeit ein Mädchen.« Tamara fing in Gedanken an, sich Namen zu überlegen.

Dr. Wohlge fragte: »Und wie geht es deiner Mutter?« »Gut so weit. Seit heute kommt jemand vom Ambulanten Pflegedienst, weil ich es nicht mehr alleine schaffe.« »Das ist gut,« antwortete Dr. Wohlge. Kurze Zeit später verließ Tamara die Arztpraxis.

Zu Hause angekommen, ging Tamara zu ihrer Mutter. »Hallo, Mam.« »Wie war es beim Arzt?« »Gut, es wird ein Mädchen.« Lächelnd sah Tamara ihre Mutter an. »Jetzt kannst auch du dir ein paar Namen überlegen.« In dem Augenblick kam Gregor zur Tür herein. »Was für Namen kann deine Mutter überlegen?« Er gab Tamara einen Kuss. »Mädchennamen.« »So? Noch ein Weib im Haus??« Grinsend sah Gregor beide Frauen an. »Und ich dachte, ich würde Verstärkung bekommen.« Alle drei mussten laut loslachen.

Am Abend stand Tamara wieder einmal vor dem Spiegel. Sie betrachtete ihren Bauch. Mittlerweile schob sie eine richtige Kugel vor sich her. Tamara nahm etwas Body Lotion in die Hand und verteilte es auf ihrem Bauch. »Wie könntest du heißen? .. Sophie ... Luisa ... Mareike ... Johanita ... Ach, wenn es doch nicht so viele Namen geben würde.«

Am Freitagabend lud Gregor seine Frau zum Essen ein. Anschließend gingen sie noch tanzen. Sehr spät in der Nacht kamen sie glücklich nach Hause.

Bevor Tamara ins Bett ging, schlich sie leise zu ihrer Mutter, um noch einmal nach ihr zu schauen. Als sie die Tür öffnete, hörte sie ihre Mutter schluchzen. »Warum ich?? Ich kann doch Tamara mit ihrem Baby mit diesem scheiß Arm nicht helfen! Vielleicht wäre es besser gewesen, wenn ich gestorben wäre.« Tamara stockte der Atem. Leise schlich sie ins Schlafzimmer. Gregor lag bereits im Bett. »Hey Schatz, was ist los mit dir?« Aufgelöst erzählte Tamara Gregor, was sie eben gehört hatte. »Du musst sie verstehen. Sie muss erst lernen, mit der Situation umzugehen.« »Sie wollte immer auf meine Kinder aufpassen, und jetzt denkt sie, sie könnte es nicht mehr.« »Dann müssen wir ihr zeigen, dass sie es doch kann« Beide unterhielten sich noch etwas. Dann schliefen beide nebeneinander ein.

Am nächsten Tag wurden beide durch das Klingeln an der Haustüre wach. »Bleib liegen, Schatz, ich geh schon.« Müde zog Tamara ihren Morgenmantel an und ging zur Tür. Es war Thea, die Tamara freundlich begrüßte. Thea zog sich ihre Jacke aus und ging zu Frau Tusch. In der Zwischenzeit ging Tamara ins Bad. Sie zog sich den Morgenmantel aus und den Schlafanzug. Dann stieg sie in die Dusche. Tamara ließ das Wasser an. Sie hörte nicht, wie Gregor die Tür reinkam und sich auszog. Dann stieg er in die Dusche zu ihr. Er umfasste Tamara von hinten. Gregor küsste Tamara den Nacken. Anschließend streichelte er Tamara über den Rücken bis zum Hintern. Tamara drehte sich um. Gregor gab ihr einen innigen Kuss auf den Mund und drückte sie fest an sich. »Gregor, lass das! Thea ist da.« »Na und?« »Nicht na und. Lass uns eine halbe Stunde warten.« Tamara löste sich aus der Umarmung, gab Gregor einen Kuss und verschwand aus der Dusche. Es dauerte nicht lange, da kam Thea die Treppe nach unten. »Und, war alles in Ordnung mit meiner Mutter?«, fragte Tamara. Thea nickte und sah Tamara an. »Wieso? Sollte etwas sein?« Tamara überlegte, ob sie Thea erzählen sollte, was sie gehört hatte, dann aber schüttelte sie den Kopf und sagte: »Nein.« Thea verabschiedete sich und ging die Haustüre raus.

Als die Haustüre zufiel, kam Gregor mit seinem Bademantel aus dem Bad. Er kam auf Tamara zu und flüsterte ihr ins Ohr: »Kommst du mit duschen?« »Aber ich war doch schon.« »Ach komm, bitte.« Gregor fing an, Tamara wieder auszuziehen. Tamara ließ sich überreden. Beide stiegen in die Dusche. Dort küssten sie sich innig. Zärtlich streichelte Gregor Tamara am ganzen Körper. Das Wasser prasselte über Tamaras Rücken. Sie spürte Gregors Atem, der immer schneller wurde. Tamara fühlte sich wohl.

Kurz darauf trockneten sich beide ab. Plötzlich hörten sie Tamaras Mutter rufen. Schnell rannten beide nach oben. Frau Tusch sah beide an. »Na endlich. Wenn ihr dann mal mit eurer Beschäftigung fertig seid, könntet ihr so nett sein und mir was zu essen bringen?« Gregor sah auf die Uhr. Es war bereits zehn Uhr. Danach sah er seine Schwiegermutter an, die ihn lächelnd anblickte. Tamara und Gregor fingen laut an zu lachen.

Tamara ging in die Küche, um das Frühstück zu holen. In der Zwischenzeit fuhr Gregor seine Schwiegermutter mit dem Kopfteil nach oben, sodass sie im Bett saß. Es dauerte nicht lange, da kam Tamara mit dem Frühstück für ihre Mutter zurück. Gregor reichte seiner Schwiegermutter das Essen an.

Um halb drei stieg Tamara ins Auto. Neben ihr lag ein kleines Geschenk. Tamara hatte lange überlegt, was sie Melinda schenken könnte. Am Ende hatte sie sich für Schokolade entschieden. Aus ihrer Tasche holte sie den Zettel, auf dem die Adresse stand. Tamara fuhr los. Es fiel ihr schwer, mit dem Auto zu fahren, da der Bauch etwas im Weg war. Auf der Fahrt dachte sie nach. Was würde sein, wenn sie merken würde, dass so ein Kind vielleicht viel Arbeit machte und vielleicht ganz anders war als ein gesundes Kind? Würde sie ihr ungeborenes Kind weiterhin annehmen?

Kurz darauf stand sie mit ihrem Auto vor der aufgeschriebenen Adresse. Langsam stieg sie aus. Sie musste durch ein kleines Gartentürchen gehen. Rechts und links vom Weg standen lauter Blumen. Überall flogen Bienen und Schmetterlinge herum. Auch einen kleinen Vogel konnte Tamara in den Blumen sitzen sehen. Tamara atmete den Duft der Blumen tief ein. Dann stand sie vor der Tür. Sie spürte ihr Herz etwas schneller schlagen. Tamara klingelte nervös an der Haustüre. Es dauerte nicht lange, da wurde die Tür geöffnet und die junge Frau, die Tamara eingeladen hatte, stand in der offenen Tür. »Hallo, schön, dass Sie da sind. Kommen Sie doch rein.« Tamara ging hinter der Frau ins Wohnzimmer. Dort setzte sie sich auf einen Sessel, den ihr die junge Frau zeigte. »Möchten Sie etwas trinken?« Tamara bejahte und sah sich um. Die Frau verschwand in deR Küche. Das Wohnzimmer war sehr modern eingerichtet. Die Wohnung war sehr hell, was Tamara gut gefiel. Langsam öffnete sich die Tür. Ein kleines Mädchen mit einer Brille und blonden langen Haa ren, die zu einem Zopf geflochten waren, steckte langsam den Kopf durch die Tür herein. »Hallo,« rief Tamara ihr freundlich zu. Das Mädchen kam nun ganz zur Tür herein.

»Du bist bestimmt Melinda, oder?« »Ja, und wer bist du?« Fragend sah Melinda zu Tamara. »Ich bin Tamara.« Tamara überreichte Melinda das Geschenk. »Hier, das habe ich dir mitgebracht.« Melinda strahlte über das ganze Gesicht und nahm das Geschenk dankend an. Während Melinda die Schokolade auspackte, kam die junge Frau mit zwei Tassen Tee wieder. Sie gab Tamara eine Tasse. »Guck mal, Tante Marie, hab ich geschenkt bekommen.« »Hast du dich auch bedankt?« Melinda nickte und schob sich ein Stück von der Schokolade in den Mund. »Aber nicht alles auf einmal,« rief Marie. KuRz daRauf setzten sich alle drei zum Kaffeetrinken an den Tisch. Melinda setzte sich neben TamaRa.

Beide grinsten sich an. Der Nachmittag verging wie im Flug. Tamara hatte sich viel mit Melinda unterhalten und sich dabei die ganze Puppensammlung angesehen, die Melinda für das Wochenende mit zu ihrer Tante gebracht hatte. Marie hatte recht. Melinda war so ein fröhliches Kind!

Zu Hause erzählte Tamara Gregor von dem Besuch. Gregor strich ihr über den Bauch. »Unser Sonnenschein wird auch mal ein fröhliches Kind.«

Die Tage und Wochen vergingen. Die Zeit der Geburt stand vor der Tür. Gregor ließ seine Frau nur noch ungern allein zurück. Jeden Tag sagte er, bevor er zur Arbeit: »Ruf mich an, wenn du Hilfe brauchst!«

An einem sonnigen Mittwoch wollte Tamara schnell im Supermarkt ein paar Eier für das Mittagessen holen. Als sie durch den Gang schlenderte, spürte sie auf einmal einen stark stechenden Schmerz im Bauch. Sie sah an sich herunter. Um sie herum war alles nass. Die Fruchtblase war geplatzt. Tamara musste sich setzen. Die Schmerzen waren unerträglich. Sie schrie laut auf vor Schmerzen. Eine alte Frau rief: »Oh weh, die Frau braucht einen Arzt, schnell.«

Eine andere Frau stützte Tamara den Kopf und versuchte, sie zu beruhigen. Es dauerte nicht lange, da kam der Rettungswagen mit einem Notarzt. Tamara war nassgeschwitzt. Sie schrie laut vor Schmerzen. Zwei Rettungsassistenten legten Tamara auf eine Trage und brachten sie in den Krankenwagen. Im Krankenwagen sagte der Notarzt: » Bis ins Krankenhaus schaffen wir es nicht mehr. Wir müssen das Kind hier rausholen.« Einer der Rettungsassistenten zog Tamara die Hose aus. »So, bei der nächsten Wehe müssen Sie pressen.« Tamara schrie laut auf vor Schmerzen. So hatte sie sich die Geburt ihres ersten Kindes eigentlich nicht vorgestellt. »Sehr gut, ich kann den Kopf schon sehen. Noch einmal feste pressen.«

Wenige Minuten später hielt der Notarzt ein kleines Mädchen in den Armen. Er wischte dem Baby das Gesicht sauber, wickelte es in ein Tuch und überreichte es der weinenden Mutter. Tamara war überglücklich. Im Krankenhaus wurden Mutter und Kind versorgt. Eine Krankenschwester informierte Gregor, der sofort alles stehen und liegen ließ und ins Krankenhaus fuhr. Als er ins Zimmer von Tamara ging, lag die auf dem Bett und gab ihrer Tochter zu trinken. Gregor strahlte. Er gab Tamara einen Kuss. »Ist das unsere kleine Lena-Sophia?« Tamara nickte. Gregor setzte sich an die Bettkante und beobachtete, wie Lena-Sophia an Tamaras Brust trank. Als sie fertig getrunken hatte, fragte Gregor: »Darf ich sie mal nehmen?« Wieder nickte Tamara und reichte sie ihm.

Gregor blieb noch bis zum Abend. Dann machte er noch ein Foto von dem Baby, damit er es seiner Schwiegermutter zeigen konnte.

Zu Hause angekommen, sprang er schnell aus dem Auto und lief zu seiner Schwiegermutter. »Ich bin Papa geworden!« Strahlend sah er seine Schwiegermutter an. Er reichte ihr das Bild. »Gratuliere, mein Junge.« »Morgen nehme ich dich mit, damit du Lena-Sophia kennenlernst.«

In der Nacht träumte Frau Tusch, sie würde ihr Enkelkind mit beiden Armen festhalten. Erschrocken wachte sie auf. »Nein, das geht doch nicht mit diesem scheiß Arm,« sprach sie zu sich selbst und fing an, fürchterlich zu weinen. Warum hatte der Schlaganfall nicht warten können, bis ihr Enkelkind in der Schule war? Sie wollte doch das Omasein richtig ausleben, aber mit diesem Arm und dem Rollstuhl würde das nicht gehen. Schluchzend schlief sie wieder ein.

Am nächsten Morgen wachte sie auf, als Thea an der Tür klopfte. »Guten Morgen, Frau Tusch. Ein neuer Tag beginnt.« Verschlafen öffnete Frau Tusch die Augen. »Ich habe gehört, Sie sind Oma geworden. Herzlichen Glückwunsch. Was ist es denn geworden?« »Ein Mädchen.« Thea holte aus dem Bad eine Waschschüssel. Zusammen mit Frau Tusch suchte sie anschließend Kleidung aus, die diese heute anziehen wollte, wenn sie ins Krankenhaus ging. Thea zog Frau Tusch den Schlafanzug aus und reichte ihr den Waschlappen. Diese stöhnte: »Ich kann das doch nicht. Wann verstehst du das, mein Kind?« »Doch, Sie schaffen das, da bin ich mir ganz sicher.« Thea musste Frau Tusch jedes Mal wieder ermutigen, selber mitzuhelfen. Frau Tusch nahm den Waschlappen und wusch sich das Gesicht. Sie merkte, dass ihre Hand gar nicht mehr so stark dabei zitterte wie am Anfang. Mit der Hilfe von Thea wusch sie sich auch den Oberkörper. Nachdem Frau Tusch fertig gewaschen und angezogen im Bett lag, rief Thea nach Gregor. Dieser kam und betrachtete seine Schwiegermutter. »Oh Mann, du siehst ja gar nicht wie eine Oma aus.« Frau Tusch kicherte. Gregor half Thea, seine Schwiegermutter aus dem Bett in den Rollstuhl zu setzen. Thea nahm ihre Sachen und sagte beim Rausgehen: »Frau Tusch, das haben Sie wirklich gut gemacht heute.«

Gegen Mittag schob Gregor seine Schwiegermutter mit dem Rollstuhl quer durch die Stadt. Vor dem Krankenhaus war ein kleiner Blumenladen. Dort suchten sie einen Blumenstrauß für Tamara aus. Nachdem sie einen passenden gefunden hatten, bezahlte Gregor und verließ mit seiner Schwiegermutter das Geschäft.

Während Gregor den Rollstuhl schob, hielt Frau Tusch den Blumenstrauß fest. »Als Tami geboren wurde, hat mir Felix auch Blumen geschenkt.« Tamaras Mutter schloss die Augen und roch an den Blumen. Sie erinnerte sich, wie Felix an der Tür geklopft und dann vorsichtig die Tür geöffnet hatte.

Er war auf seine Frau und seine Tochter zugegangen und hatte die Blumen überreicht. Danach hatte er sie schüchtern gefragt, ob er sie heiraten dürfte. Frau Tusch grinste in sich hinein, als sie zurück dachte an diese Zeit.

Sie fuhren mit dem Aufzug in den neunten Stock des Krankenhauses. Gregor schob den Rollstuhl langsam bis zu dem Zimmer, wo Tamara lag. Er klopfte an. Kurz darauf rief Tamara: »Herein.« Gregor öffnete die Tür und kam herein. Seine Schwiegermutter schob er vor sich her. »Alles Gute, mein Kind.« Sie nahm Tamaras Hand und gab ihr einen Kuss. Tamara stand vom Bett auf und umarmte ihre Mutter. »Wo ist es denn jetzt?«, fragte die frisch gebackene Oma. »Sie wird gleich gebracht,« antwortete Tamara.

Kurz darauf wurde die kleine Lena-Sophia von einer Krankenschwester hereingebracht. Gregor nahm sie ihr vorsichtig ab. »Schau mal, das ist deine Oma.« Er zeigte mit dem Finger auf seine Schwiegermutter. Dann kam er auf sie zu. Frau Tusch strich ihrer kleinen Enkelin über die Wangen. Lena-Sophia quietschte vor Vergnügen. Alle mussten lachen. »Willst du sie auch mal halten?«, fragte Tamara ihre Mutter. »Willst du etwa, dass dein Kind gleich am zweiten Tag auf den Boden knallt?« »Wieso das?«, fragte Tamara verwundert. Sie merkte, dass sie etwas sauer auf ihre Mutter wurde. »Ich habe doch nur den einen Arm,« erklärte ihre Mutter.

Tamara sprang vom Stuhl auf und schrie: »Ich kann es nicht mehr hören. Du gibst dir ja keine Mühe. Du versuchst es ja noch nicht mal.« Lena-Sophia fing an zu weinen. Gregor ging mit dem Kind aus dem Zimmer.

Tamara stand am Fenster. »Es gibt so viele, die einen Schlaganfall hatten, aber die geben sich nicht auf. Die wissen, dass das Leben noch nicht vorbei ist, sondern dass es weitergeht! Nur meine Mutter nicht. Warum?« Langsam drehte Tamara sich um. Sie sah ihrer Mutter direkt in die Augen. »Warum, Mam? Warum lässt du dich so hängen?« Ihrer Mutter liefen Tränen über das Gesicht. Tamara kniete sich vor ihre Mutter. »Tami, ich habe Angst, dass Lena-Sophia was passiert, und ich bin dran schuld, weil ich sie nicht mit beiden Armen beschützen kann.« »Aber wir sind doch hier. Außerdem könnte auch was passieren, wenn du zwei gesunde Arme hättest. Und stell dir vor, deine Oma hätte dich nie in den Arm oder auf den Schoß genommen.« Frau Tusch gab ihrer Tochter recht. Sie versprach, dass sie sich Mühe geben wollte. Tamara gab ihrer Mutter einen Kuss auf die Stirn und wischte ihr die Tränen aus dem Gesicht.

Gregor hatte in der Zwischenzeit etwas zu trinken besorgt. Als er wiederkam, gab er Tamara Lena-Sophia. Diese gab ihrem Kind die Brust. Gregor und seine Schwiegermutter blieben noch bis zum Abendessen.

Kurz, bevor sie nach Hause gehen wollten, fragte Frau Tusch: »Gregor, legst du mir Lena-Sophia in den Arm?« Gregor nickte und legte seine Tochter in den Arm seiner Schwiegermutter. Lena-Sophia öffnete die Augen und quietschte wieder. »Ich bin deine Oma. Liegst du gut?«

Frau Tusch sah ihre Enkelin an. Sie war glücklich und lächelte ihre Enkeltochter an. Tamara beobachtete beide und war sich sicher, dass alles gut gehen würde.

Nach drei Tagen wurde Tamara mit Lena-Sophia aus dem Krankenhaus entlassen. Gregor kam und holte sie ab. Er schenkte ihr eine Rose und gab ihr einen Kuss. Lena-Sophia schlief.

Auf dem Weg nach Hause fragte Gregor: »Sag mal, was hast du mit deiner Mutter gemacht?« »Nichts, wieso?« »Thea hat gesagt, sie hätte sich um 180 Grad gedreht.« Tamara lächelte.

Die nächsten Wochen vergingen wie im Flug. Lena-Sophia wuchs und wurde kräftiger. Eines Morgens klingelte das Telefon. Tamara ging dran. »Ja? Schubert.« »Hey Tami, ich bin es, Steffi. Bist du schon Mama geworden?« Ja, schon seit acht Wochen.« »Ich bin heute Mittag in der Stadt, weil ich mir dort eine neue Wohnung anschaue. Kann ich vorbeikommen?« »Na klar, ich freue mich,« antwortete Tamara. Sie legte den Hörer wieder auf. Schon lange hatte sie Steffi nicht mehr gesehen, da diese viel in der Welt herumreiste. Sofort ging Tamara in den Keller und holte aus der Gefriertruhe einen Kuchen, den sie erst vorige Woche gebacken hatte.

Wieder oben in der Küche angekommen, fing sie an, den Tisch zu decken. Gregor kam mit seiner Schwiegermutter in die Küche. Er verabschiedete sich von Tamara mit einem Kuss und verließ das Haus. Frau Tusch beobachte ihre Tochter, die gerade dabei war, das Geschirr auf dem Tisch zu verteilen. »Bekommst du Besuch?« »Ja, Steffi kommt vorbei.« »Und was will die hier?« »Die will mich mal besuchen. Ich möchte, dass du dich nicht wieder mit ihr streitest.« »Ich verstehe zwar nicht, dass du noch Kontakt zu ihr hast, aber ich werde mir Mühe geben.« Dankend sah Tamara ihre Mutter an.

Am Nachmittag sah Tamara, wie Steffi in den Hof fuhr. Sie stieg aus und mit ihr ihre zwei Kinder, Larissa und Jaden. Tamara kam ihnen entgegen. Sie nahm alle in den Arm. »Schön, dass ihr da seid.« »Ist Mutter auch da?« Tamara nickte. »Aber bitte, streitet heute nicht schon wieder.« Steffi lächelte.

Alle vier gingen ins Haus. Sofort liefen die Kinder ins Wohnzimmer, wo ihre Oma vor dem Fernseher saß. »Hallo Oma,« rief Jaden. Als er ins Wohnzimmer eintrat, blieb er stehen. »Oma? Warum sitzt du im Rollstuhl?« »Hat eure Mutter nichts davon erzählt?« Beide Kinder schüttelten den Kopf. »Das ist ja mal wieder typisch von ihr. Ich hatte einen Schlaganfall.« Jaden und Larissa hörten gespannt zu.

Tamara und Steffi hatten es sich derweilen in der Küche gemütlich gemacht. »Wie geht es Paul?« Paul war der Ehemann von Steffi und der Vater von Jaden und Larissa. Steffi schwieg. Dann antwortete sie: »Der hat ne neue.« Tamara sah Steffi verwundert an. »Aber ... ihr wart doch so glücklich.« »Ach, Tami. Es lief schon sein zwei Jahren nichts mehr im Bett. Er hat mich ein halbes Jahr mit seiner Sekretärin betrogen.« Steffi lief eine Träne über die Wange. Schnell wischte sie die Träne weg. »Und wie geht es bei euch?« »Ich bin sehr glücklich mit Gregor.« In dem Moment kamen Jaden und Larissa mit ihrer Oma in die Küche. Frau Tusch sah Steffi an und sagte ganz trocken: »Hallo.« Steffi sagte nichts, sondern nickte nur kurz mit dem Kopf.
   Nach dem sie Kaffee getrunken und Kuchen gegessen hatten, fing Steffi an, das Geschirr abzuräumen.

Tamara nahm die Kinder und ging mit ihnen zu Lena-Sophia. Frau Tusch beobachtete ihre Tochter, mit der sie jetzt allein war. »Du bist nicht glücklich,« sagte sie zu Steffi. »Und woher willst du das wissen?« »Weil du meine Tochter bist.« Für wenige Sekunden war es still. Dann ergriff Frau Tusch wieder das Wort. »Auch, wenn du es nicht glaubst, aber ich mache mir wirklich Sorgen um dich.« »Ach ja? Du? Du machst dir Sorgen um mich? Und warum warst du nicht da, als ich dich gebraucht hätte?« Steffi sah ihre Mutter an. Diese erinnerte sich an diese Zeit. Steffi hatte einen neuen Freund vorgestellt. Ein paar Mal war er mit zu Besuch gewesen, und jedes Mal hatte etwas gefehlt. Wenn Frau Tusch ihre Vermutung äußerte, dass Steffis neuer Freund das gewesen sein könnte, wurde dieser böse.

An einem sonnigen Nachmittag bekam Frau Tusch einen Anruf von Steffi. Aufgelöst erzählte ihre Tochter, dass ihr Freund festgenommen wurde und sie von dessen Freund aus der gemeinsamen Wohnung geworfen worden war. Nun stand sie mit einem Koffer auf der Straße und wusste nicht, wohin. Ihre Mutter sagte am Telefon: »Ich habe es dir ja immer wieder gesagt, dass der Junge ein schlechter Mensch ist. Aber du wolltest ja nicht auf mich hören. Wir können dich leider nicht abholen und auch nicht aufnehmen ...« Steffi hatte den Hörer einfach aufgelegt.

Steffi wischte den Tisch ab.

»Steffi, ich habe einen Fehler gemacht, aber lass uns doch einen neuen Anfang machen.« Zögernd griff sie nach Steffis Arm. »Bitte, Steffi.« Bittend sah sie ihre Tochter an. Steffi ließ den Lappen auf dem Tisch liegen und kniete sich vor ihre Mutter. Unter Tränen sagte sie: »So oft habe ich mir das gewünscht, dass du dich entschuldigst.« Frau Tusch sah ihre Tochter zufrieden an und gab ihr einen Kuss auf die Stirn.

In dem Augenblick kam Larissa in die Küche gerannt. »Oh Mama, das Baby ist so süß.« Hinter Larissa kamen Jaden und Tamara in die Küche. »Dann muss ich mir mal den kleinen Fratz anschauen.«

Tamara nahm ihre Schwester mit ins Schlafzimmer, wo Lena Sophia in einer kleinen Wiege schlief. Auf dem Weg dorthin erzählte Steffi von der Versöhnung. »Ich freue mich für euch.«

Im Zimmer angekommen, holte Tamara ihre Tochter vorsichtig aus der Wiege. Sofort öffnete Lena-Sophia ihre Augen. Tamara überreichte ihrer Schwester Lena-Sophia. Diese nahm den Säugling auf den Arm. Dann sah sie dem Kind ins Gesicht. »Oh Tami, das ist ja behindert.« »Ja, ist es. Es hat das Down-Syndrom.« »Du willst es echt behalten?« Ohne eine Antwort abzuwarten, redete sie weiter. »Also ich würde es weggeben. Du wirst nur Arbeit haben mit der da.« Sie zeigte auf Lena-Sophia. »Die wird nie erwachsen. Glaub mir, die wird dir nie eine Hilfe sein.« Böse sah Tamara ihre Schwester an. »Die da hat auch einen Namen. Und ja, ich behalte sie, und wenn du es genau wissen willst, bin ich glücklich. Im Gegensatz zu dir.« Wütend nahm sie ihr Kind und legte es wieder in ihre Wiege. Dann ging sie aus dem Zimmer nach draußen. Steffi rief ihr hinterher: »Glücklich bin ich zwar nicht, aber ich habe zwei gesunde Kinder.«

Den restlichen Nachmittag über unterhielten sich die zwei Schwestern kaum. Beim Abschied sagte Steffi: »Tami, es tut mir leid. Ich freue mich echt für euch.« Tamara nahm Steffi in den Arm. »Ist schon gut.«

Abends lag Tamara nachdenklich in ihrem Bett. Hatte ihre Schwester recht? Würde Lena-Sophia ein Leben lang Hilfe brauchen? Was würde dann, wenn sie einmal nicht mehr da wäre? Vielleicht wäre es damals besser gewesen, wenn sie das Kind abgetrieben hätte?

Lange dachte Tamara nach. Sie konnte einfach nicht einschlafen.

Um zwei Uhr in der Nacht stand Tamara auf und nahm Lena-Sophia aus dem Bett. Zusammen ging sie mit ihr ins Wohnzimmer. Sie setzte sich auf die Couch und hielt Lena-Sophia fest an sich gedrückt. Sie spürte, wie das kleine Herz ihrer Tochter schlug. Da verspürte Tamara ein Glücksgefühl. Sie drückte Lena-Sophia noch etwas dichter an sich. »Ich werde immer für dich da sein.«

Die Monate und Jahre vergingen. Lena-Sophia war in der Zwischenzeit schon 6 Jahre alt. Tamara brachte ihre Tochter regelmäßig zur Krankengymnastik und zu einer Ergotherapeutin. Lena-Sophia entwickelte sich gut. Tamara und Gregor hatten sie extra in einem speziellen Kindergarten angemeldet, damit sie dort auch gefördert wurde. Lena-Sophia war ein sehr fröhliches und aufgeschlossenes Kind. Jeden Tag brachte sie aus dem Kindergarten Freundinnen mit zum Spielen.

An einem Donnerstagmittag kam Lena-Sophia weinend vom Kindergarten nach Hause. Sie fiel Tamara schluchzend in die Arme. Tamara versuchte, ihre Tochter zu beruhigen. »Was ist los, Kleines?« Statt zu antworten, jammerte sie laut los.

Erst nach ein paar Minuten gelang es Tamara, ihre Tochter zu beruhigen. Lena-Sophia sah ihre Mutter an. »Mama, warum bin ich anders?« »Wer sagt denn so etwas?« »Immer wenn ich vom Kindergarten heimgehe, schauen mir die Leute nach und reden über mich. Sie sagen: Die ist behindert. Das wird nie ein ordentliches Kind.« Wieder schluchzte sie. »Bin ich kein gutes Kind?« Fragend sah sie zu ihrer Mutter. Diese musste sich das Weinen verkneifen. Tamara fühlte, wie ihr Herz schmerzte. Sie wollte ihre Tochter nicht so traurig sehen. »Nein mein Schatz, du bist etwas ganz Besonderes, und ich bin stolz auf dich.« Sie drückte Lena-Sophia fest an sich und gab ihr einen Kuss. Dann wischte sie ihr die Tränen aus dem Gesicht.

»Holst du Oma?« Lena-Sophia nickte und lief wie jeden Tag in das Zimmer ihrer Oma. Diese saß im Rollstuhl und hörte Musik. Als sie Lena-Sophia sah, strahlte sie diese an. »Holst du mich fürs Mittagessen?« Lena-Sophia bejahte und kletterte auf den Schoß ihrer Oma. Sie gab dieser einen Kuss. Dann kletterte sie wieder runter und fuhr den Rollstuhl mit ihrer Oma in die Küche, wo Tamara bereits das Mittagessen auf den Tisch gestellt hatte.

»Bist du dir sicher, dass du auf Lena-Sophia zwei Tage aufpassen kannst?«, fragte Tamara ihre Mutter beim Essen.

Tamara wollte mit Gregor für ein Wochenende wegfahren, um ihren zehnten Hochzeitstag zu feiern. Dieses Wochenende wollten sie ohne Lena-Sophia verbringen. »Ja. Ich kann ja Steffi anrufen, wenn etwas ist. Die ist dann in fünf Minuten da. Außerdem kommt ja morgens auch noch Thea.« Tamara hatte sich sehr schwergetan, mit Gregor das Wochenende ohne ihre Tochter zu planen. Doch Gregor hatte sie dann doch überzeugen können. Am Abend verabschiedeten sich Gregor und Tamara von ihrer Mutter und Lena-Sophia. Lena-Sophia freute sich riesig. Sie war gerne mit ihrer Oma zusammen. Tamara stieg ins Auto. Irgendwie hatte sie ein komisches Gefühl, als sie ins Auto einstieg. Im Auto fragte sie Gregor: »Sollen wir wirklich fahren?« »Ja, Schatz,« antwortete Gregor und gab seiner Frau einen Kuss.

Nachdem das Auto vom Hof gefahren war, schaute Frau Tusch ihre Enkelin an, die ihren Eltern hinterher winkte. Wie gerne würde sie mit ihrer Enkelin im Garten herumspringen. Doch sie benötigte weiterhin ihren Rollstuhl. Zwar konnte sie sich woanders allein hinsetzen, doch beim An- und Auskleiden benötigte sie weiterhin Hilfe.

As Lena-Sophia einmal im Garten spielte, kam der Hund der Nachbarin. Lena-Sophia war drei Jahre alt gewesen. Frau Tusch sah, wie der Hund knurrte. Sie wollte ihre Enkelin aus der Gefahrenzone bringen, doch sie schaffte es nicht. »Scheiß Arm « schrie sie. Das hörte Tamara. Sie sah in die Richtung, wo ihre Mutter hinblickte. Tamara erschrak. Schnell rannte sie in den Garten, schnappte Lena-Sophia und trug sie weg, bevor der Hund wütend auf sie zu rennen konnte. Drei Tage später fiel der Hund ein anderes Kind an und biss dieses in den Arm. Frau Tusch machte sich immer wieder Vorwürfe. Wenn sie damals die Kopfschmerzen ernst genommen hätte, wäre es wahrscheinlich gar nicht zu diesem Schlaganfall gekommen.

»Sophi, lass uns reingehen«, rief Frau Tusch ihrer Enkelin zu.

Diese kam sofort auf ihre Oma zu gerannt und fragte: »Und was machen wir jetzt?« »Jetzt schauen wir uns Bilder an von früher.« Lena-Sophia war begeistert. Sie mochte es, wenn ihr ihre Oma von der Zeit erzählte, als sie noch nicht geboren war.

Sofort schob sie ihre Oma ins Wohnzimmer. Dort holte sie das große Familienalbum raus. In der Zwischenzeit setzte sich Frau Tusch auf die Couch. Lena-Sophia kam mit dem Album und kuschelte sich an ihre Oma. »Wer ist das?« »Das ist dein Opa Felix.« Lena-Sophia wollte alles über ihren Opa erzählt haben.

Plötzlich fragte sie: »Hätte Opi mich lieb gehabt, obwohl ich behindert bin?« »Na klar, mein Schatz,« äußerte Frau Tusch. Es war schon spät geworden, als Steffi an der Tür klingelte. Lena-Sophia öffnete die Tür. »Hallo, Tante Steffi. Wir machen gerade Bilder gucken.« Glücklich sah Lena-Sophia ihre Tante an.

Steffi setzte sich mit dazu und betrachtete die Bilder mit ihnen. Kurz darauf schickte Steffi Lena-Sophia ins Bett. Während sich Lena-Sophia für die Nacht fertig machte, setzte sich Steffi neben ihre Mutter.

Diese sah sich gerade Bilder an, die sie an einem Baggersee gemacht hatten, als Tamara und Stefanie noch Kinder waren. Beide Kinder rannten über die Wiese. Frau Tusch rannte lachend hinterher. »Das waren noch Zeiten,« sagte Frau Tusch und sah ihre Tochter an. »Da konnte ich wenigstens noch was machen.« Steffi gab darauf keine Antwort.

Nachdem Lena-Sophia ihrer Oma eine gute Nacht gewünscht hatte, wurde sie von ihrer Tante ins Bett gebracht. Anschließend ging Steffi wieder ins Wohnzimmer und sie setzte sich zu ihrer Mutter. »Ich bin so froh, dass wir uns vertragen haben.« Frau Tusch strich ihrer Tochter über das Gesicht. »Ich auch, mein Kind.«

Gegen 22 Uhr half Steffi ihrer Mutter beim Umziehen. Beim Rausgehen sagte Steffi: »Wenn etwas ist, ruf an.« Frau Tusch nickte. »Guten Nacht.«» Gute Nacht, Mam.«

Am nächsten Morgen wurde Frau Tusch von ihrer Enkelin geweckt. Diese saß an der Bettkante und sang: »Guten Morgen, liebe Sorgen ...« Müde stimmte Frau Tusch in das Lied mit ein. Ihr Gesang wurde durch die Haustürklingel unterbrochen. Lena-Sophia rannte zu Tür und öffnete. An der Haustüre stand Thea. Sie lief hinter Lena-Sophia ins Zimmer von Frau Tusch. »Oh, hier ist aber gute Laune,« äußerte sie, als sie hörte, wie Frau Tusch mit ihrer Enkelin wieder in das Lied einstimmte.

Lena-Sophia wartete, bis sich ihre Oma auf den Toilettenstuhl gesetzt hatte, der neben dem Bett stand. Dann schob sie ihre Oma ins Bad. »So, Frau Tusch, heute geht es Duschen«, rief Thea hinterher.

Während Thea und Frau Tusch im Bad waren, machte Lena-Sophia das Bett ihrer Oma. Thea hatte es ihr beigebracht.

Als Frau Tusch fertig geduscht und angezogen mit Thea aus dem Bad kam, saß Lena-Sophia grinsend auf dem fertig gemachten Bett.

»Oh, warst du wieder fleißig?« Frau Tusch lächelte ihre Enkelin an. Diese nickte.

Wenige Minuten später verabschiedete sich Thea von beiden.

Den Tag verbrachten Lena-Sophia und ihre Oma im Garten. Frau Tusch erklärte ihrer Enkeltochter alles über das Gemüse, was der Gärtner angebaut hatte.

Gegen Mittag rief Tamara an und erkundigte sich nach beiden. »Mach dir keine Sorgen, Liebes, uns geht es gut.«

Am Abend wollten sich beide einen Film sich anschauen. Doch als Lena-Sophia den Fernseher anmachte, blieb der Bildschirm schwarz.

»Na gut, dann spielen wir halt Mühle.« »Au ja,« rief Lena-Sophia begeistert.

Gegen 21 Uhr kam Steffi wieder vorbei. Nachdem sie ihre Nichte ins Bett gebracht hatte und ihrer Mutter dabei geholfen hatte, ein Nachthemd anzuziehen, verabschiedete sie sich. »Ich muss los, hab eine Verabredung.« »Männlich oder weiblich?« Frau Tusch zwinkerte ihrer Tochter zu. »Du bist ziemlich neugierig. Er ist männlich. Wir haben uns letzte Woche kennengelernt.« »Na dann wünsche ich dir viel Spaß.«

Frau Tusch fuhr mit ihrem Rollstuhl langsam in die Küche. Dort trank sie noch einen Tee und ging dann schlafen.

Um 3 Uhr in der Nacht gab es im Haus einen lauten Knall. Frau Tusch saß kerzengerade in ihrem Bett. Lena-Sophia kam ängstlich die Tür rein.« »Oma, was war das?« »Ist nichts Schlimmes. Komm erst mal hierher.« Sie öffnete die Bettdecke. Lena-Sophia kuschelte sich an ihre Oma.

Beide blieben einige Minuten so liegen. »Weißt du was? Wir rufen einfach Steffi an, die soll mal nachsehen.« Frau Tusch wollte zum Telefon greifen, doch ihre Tochter hatte am Abend vergessen, das Telefon aus dem Wohnzimmer zu holen. »Sophi, geh mal runter und hol mir das Telefon.« Langsam öffnete Lena-Sophia die Tür. Ein warmer Luftzug drang durch die Tür. Lena-Sophia lief nach unten.

Es dauerte nicht lange, da kam sie wieder. In der Hand hielt sie das Telefon. Sie war blass und zitterte am ganzen Körper. »Hey Schatz, was ist los?« Fragend sah Frau Tusch ihre Enkelin an. Schweigend blieb Lena-Sophia an der Tür stehen. Sie sah mit großen Augen zum Bett. Dann kam sie zu ihrer Oma und legte sich ganz dicht an sie ran.

»Oma, da unten ...« zitternd sah sie ihrer Oma direkt in die Augen, »... da unten ist es ganz heiß.« Frau Tusch sah ihre Enkelin verwundert an. Hat Steffi etwa vergessen, die Heizung auszumachen? Plötzlich sah Lena-Sophia ihre Oma mit einem Blick an, den diese von ihrer Enkelin nicht kannte. »Unten ist alles voller Feuer.« Frau Tusch erschrak. »Oh weh, dann müssen wir schnell hier raus«, rief sie, warf die Decke auf den Boden und stand langsam auf. Sie setzte sich in den Rollstuhl. »Los, Sophi, Schatz, fahr mich schnell nach draußen.« Lena-Sophia wollte gerade ihre Oma auf den Flur fahren, als sie einen lauten Knall hörten. Beide konnten nun nicht mehr durch den Flur, überall waren Feuer und Qualm. Die Flammen griffen alles an, was sich ihnen in den Weg stellte. Wie versteinert blieben beide im Türrahmen stehen. »Schnell, zurück!« Lena-Sophia schwitzte während sie den Rollstuhl zurück ins Zimmer schob. Im Schlafzimmer wählte Frau Tusch erst die Nummer von der Feuerwehr und danach rief sie bei ihrer Steffi an. Diese fuhr sofort los, als ihre Mutter erzählt hatte, was vorgefallen war.

»Oma, müssen wir jetzt sterben?« »Nein mein Schatz. Wir schaffen das.« Frau Tusch hoffte, dass sie recht behalten würde. Lena-Sophia kletterte auf den Schoß ihrer Oma. Diese nahm ihre Enkelin fest in den Arm. »Keine Angst, ich bin ja da.« Frau Tusch strich ihrer Enkelin beruhigend über den Kopf.

»Ach, wenn ich doch nur laufen könnte, dann würde ich einfach Sophi packen und raus rennen. Aber dieser scheiß Arm...«, dachte sie bei sich und sah ihren Arm böse an.

Plötzlich merkte Frau Tusch, wie unter der Tür hindurch Rauch ins Zimmer drang. Sollte sie das Fenster öffnen? Sie hatte mal gehört, dass man das nicht machen sollte, weil sich sonst das Feuer schneller verbreitet, aber sollte sie dann mit ihrer Enkelin in dem Zimmer ersticken?

Lena-Sophia fing an zu husten. Der Rauch wurde immer

dichter. Wenn sie jetzt nichts unternahmen, würden sie ersticken. »Sophi, mach das Fenster auf.« Sofort sprang Lena-Sophia vom Schoß ihrer Oma. Die versuchte, durch das Wedeln einer Zeitung den Rauch nach draußen zu befördern.

»Oma, da ist die Feuerwehr.« »Gut, die wird uns sicher bald hier rausholen. Sophi, bleib am Fenster und rief um Hilfe.« Lena-Sophia tat, was ihre Oma ihr aufgetragen

hatte. Als sie sich wieder umdrehte, saß ihre Oma regungslos in ihrem Rollstuhl. Sie rief zu ihrer Oma. »Oma ... Oma, du musst aufwachen.« Sie schob den Rollstuhl ans

Fenster. Dort kletterte sie auf den Schoß ihrer Oma. Sie streichelte ihr über das Gesicht. »Bitte Oma, wach auf. Ich brauche dich doch.« Das kleine Kind schluchzte.

In dem Moment kamen zwei Feuerwehrmänner in Schutzanzügen in das Zimmer gestürmt. Sie hatten sich bis nach oben durch die Flammen gekämpft und unterwegs kleine Feuerstellen gelöscht. Sofort packte einer von ihnen Lena-Sophia und rannte mit ihr nach draußen. Diese schrie laut: »Lass mich los, ich muss bei Oma bleiben.«

Draußen angekommen, legte der Feuerwehrmann Lena-Sophia auf die Wiese. Diese fing stark an zu husten. Sofort kam ein Notarzt und gab ihr Sauerstoff. Lena-Sophia schrie weiterhin: »Ich muss wieder rein.«

Der Arzt gab ihr etwas zur Beruhigung. Als Steffi auf den Hof fuhr, wurde gerade ihre Mutter rausgeholt. Sofort bekam auch diese Sauerstoff angehängt. Es dauerte etwas, bis Frau Tusch wieder zu sich kam. »Wo ist Sophi?«, fragte sie als Allererstes. Steffi beruhigte sie. »Der geht es gut.« Frau Tusch atmete auf.

Sie sah zum Haus. Es brannte lichterloh. Überall waren Feuerwehrleute, die versuchten, den Brand zu löschen. An der Straße standen viele Schaulustige, die sich das Spektakel nicht entgehen lassen wollten.

Frau Tusch fing an zu weinen. Steffi blieb bei ihr sitzen und streichelte sie. Steffi ahnte, wie es ihrer Mutter jetzt ging. Das Haus hatte Steffis Vater gebaut. Ihre Mutter hatte ihr oft erzählt, wie ihr Vater und ihr Großvater tagelang an dem Haus gearbeitet hatten. Frau Tusch hatte den Männern immer mal etwas zum Essen vorbeigebracht. Und nun? Mit einem Brand war alles kaputt.

Nachdem Frau Tusch und Lena-Sophia mit jeweils einem Krankenwagen ins Krankenhaus gebracht worden waren, wählte Steffi die Handynummer von Tamara. Mittlerweile war es schon fast 6 Uhr. »Steffi? Ist was passiert?«, meldete sich Tamara. Steffi berichtete, was sich zugetragen hatte. »Und Lena-Sophia und Mam?« »Die sind beide mit Rauchvergiftungen ins Krankenhaus gekommen.« Nach dem Telefonat stand Tamara auf und erzählte Gregor, was passiert war.

Anschließend machten sie sich für die Heimreise fertig.

Die Feuerwehrleute waren noch für drei weitere Stunden damit beschäftigt das Feuer zu löschen.

Gregor fuhr auf den Hof. Die letzten Feuerwehrleute räumten noch ihre Schläuche weg.

Wie versteinert standen Tamara und Gregor vor einer abgebrannten Ruine. Gregor nahm Tamara in den Arm. »Warum haben wir nur Pech?« »Ich weiß es nicht.«

Nachdem sich beide einen kurzen Überblick über das Geschehen verschafft hatten, fuhren beide ins Krankenhaus.

Beide wurden von einer Krankenschwester zu einem Arzt gebracht. Dieser zeigte Tamara und Gregor zwei Stühle. Tamara setzte sich. »Wie geht es den beiden?« Fragend sah sie den Arzt an. »Ihrer Tochter geht es so weit ganz gut. Sie ist auf der Kinderstation. Wir wollen sie noch etwas zur Beobachtung hierlassen, aber Ihre Mutter ...« Tamara sah den Arzt erschrocken an. Irgendwie hatte sie das Gefühl, der Arzt würde ihr mitteilen, dass ihre Mutter verstorben sei. Sie griff nach Gregors Hand. »Also Ihre Mutter musste im Krankenwagen reanimiert werden.« Tamara stockt der Atem. Das hieß also, ihre Mutter war schon fast tot. Ihr liefen Tränen über die Wangen. »Ihre Mutter liegt im Koma. Sie ist bis jetzt noch nicht aufgewacht.« »Können wir zu ihr?«, fragte Gregor. »Gut, aber nur kurz.«

Der Arzt brachte beide zur Intensivstation. Nachdem sich beide einen Kittel über ihre Kleidung gezogen hatten, brachte eine Schwester sie zu Tamaras Mutter. Diese lag blass und leblos im Bett. Sie hatte einen Schlauch im Mund und wurde beatmet. Überall waren Schläuche. Tamara fiel Gregor um den Hals und fing fürchterlich an zu weinen. Gregor versuchte, seine Frau zu beruhigen. »Ach, Gregor, wir hätten nicht fahren dürfen!« »Schatz, das hätte auch passieren können, wenn wir da gewesen wären.« Tamara setzte sich an die Bettkante ihrer Mutter. Dann nahm sie deren Hand. »Ich lasse euch allein. Ich gehe schon einmal zu Sophi.« »Gut, ich komme dann.« Als Gregor die Tür schloss, streichelte Tamara ihrer Mutter immer wieder über den Arm: »Mama ... wach auf. Bitte ... ich brauche dich doch.« Tamara sah immer wieder in das Gesicht ihrer Mutter, aber da regte sich nichts.

Tränen liefen ihr über die Wange und tropften auf den Boden. »Mama, bitte, wach auf, bitte.« Doch ihre Mutter lag weiterhin regungslos im Bett. Wenige Minuten später kam eine Krankenschwester die Tür herein. »Sie müssen jetzt gehen. Ihre Mutter braucht jetzt Ruhe.« Tamara stand auf und gab ihrer Mutter noch einen Kuss auf die Stirn. Dann verließ sie das Zimmer.

Als Erstes ging Tamara auf die Toilette, um sich dort die

Tränen aus dem Gesicht zu waschen. Lena-Sophia sollte nicht sehen, dass sie geweint hatte.

Nachdem sie sich mehrfach das Gesicht mit Wasser abgespritzt und mit Papiertüchern abgetrocknet hatte, fuhr Tamara mit dem Aufzug zur Kinderstation. Ein Pfleger, den sie nach dem Zimmer fragte, zeigte ihr den Weg. Sie klopfte. Von drinnen hörte sie, dass jemand »Herein« rief. Tamara öffnete die Tür. Lena-Sophia saß aufrecht im Bett und lächelte. »Mama.« Sofort sprang sie aus dem Bett und fiel ihrer Mutter um den Hals. Diese umarmte ihre Tochter. Einige Minuten blieben beide so im Zimmer stehen. Dann löste Lena-Sophia die Umarmung. »Wie geht es Oma?« »Es ist nichts,« antwortete Tamara. Sie dachte, dass es wohl besser wäre, erst einmal nicht die Wahrheit zu sagen. »Sie wird bald wieder gesund sein«, antwortete Tamara und hoffte, dass sie recht behalten würde.

Den Nachmittag blieben Gregor und Tamara bei ihrer Tochter im Krankenhaus. Dann verabschiedeten sich Tamara von ihrer Tochter und ihrem Mann. Gregor wollte die Nacht bei Lena-Sophia bleiben.

Tamara stieg ins Auto. Auf der Fahrt überlegte sie: Wie konnte es überhaupt zu diesem Brand kommen? Hatte vielleicht Lena-Sophia mit Feuer rumgespielt?

Tausend Gedanken liefen in Tamaras Kopf hin und her, sodass sie fast einem anderen Auto hinten draufgeknallt wäre.

Zu Hause angekommen, ging sie zwei Straßen weiter, wo Steffi wohnte. Steffi nahm ihre Schwester in den Arm. »Ihr könnt so lange hier wohnen, wie ihr wollt.« Dankend sah Tamara ihre jüngere Schwester an. »Weiß man schon, warum es angefangen hat, zu brennen?«, fragte Steffi. Tamara schüttelte den Kopf. »Ich hätte nicht wegfahren dürfen.« »Ach Tami, wer weiß, was dann passiert wäre.« Für einen Moment herrschte Totenstille. »Weißt du, was in der Stadt erzählt wird?« Verweint schüttelte Tamara den Kopf. »Dass Sophi das Feuer extra gelegt hat, weil du ihr kein Feuerzeug gekauft hast.« Erschrocken sah Tamara ihre Schwester an. Sie erinnerte sich daran, wie sie wenige Tage zuvor mit Lena-Sophia einkaufen war. Tamara hatte ein Päckchen Feuerzeuge in den Einkaufswagen getan. Nachdem sie bezahlt hatte, ging sie mit Lena-Sophia zum Auto. Als Tamara den Einkaufswagen ausräumte, schnappte sich ihre Tochter das Päckchen mit den Feuerzeugen. »Was ist das?« »Das ist ein Feuerzeug«, erklärte Tamara. »Will auch haben!«, rief Lena-Sophia. »Das ist aber noch nichts für dich.« »Will ich aber haben!« Lena-Sophia wurde immer lauter und schrie: »Will haben!« Tamara nahm ihr das Päckchen ab und stieg ins Auto. Lena-Sophia stieg auch ins Auto ein. »Aber Mama, will auch ein Feuerzeug haben.« »Du kannst eins haben, wenn du groß bist, und jetzt ist Schluss hier.« Lena-Sophia saß schluchzend neben Tamara. Tamara konnte sich erinnern, dass Lena-Sophia etwas vor sich hingemurmelt hatte. Es klang wie: »Dann wirst du ja sehen, was du davon hast.« Tamara sah Steffi erschrocken an. Nein das konnte nicht sein.

»Ich sage es ja nur ungern, aber ich habe dir ja gesagt, dass man mit so einem Kind nur Ärger hat.« Tamara sah Steffi an. »Du spinnst ja.«

Die Nacht verbrachte Tamara auf der Couch im Wohnzimmer. Nachdem sie aufgewacht war, stand sie auf und machte sich zu Fuß auf den Weg ins Krankenhaus. Unterwegs merkte sie, wie alle hinter ihr hersahen.

Zwei Frauen, die dicht an ihr vorbei gingen, sagten zu ihr: »Sie Arme. Ich würde das Kind einsperren lassen. Damals wusste man noch, was man mit solchen Behinderten macht.« Tamara schossen die Tränen in die Augen. Ihre Oma hatte ihr damals vom Zweiten Weltkrieg erzählt und vom Konzentrationslager. Viele Menschen waren dort vergast worden, auch solche wie Lena-Sophia, nur weil sie eine Behinderung hatten.

»Ach Kind, jetzt weinen Sie doch nicht,« rief die eine Frau. »Sie können doch nichts dafür. Stecken Sie das Kind in ein Heim. Da sind wir alle sicher vor ihr.«

Tamara lief weiter die Straße entlang. Den ganzen Weg über weinte sie.

Im Krankenhaus ging sie zuerst zu ihrer Mutter. Die lag weiterhin ohne jede Regung im Bett.

Tamara setzte sich ans Bett. »Mama ... bitte, wach auf. Was ist wirklich passiert? ...Bitte.« Doch ihre Mutter zuckte nicht einmal mit den Augenlidern. Es klopfte an der Tür. Es war Gregor. Weinend fiel sie ihm um den Hals. Sie erzählte ihm von den Frauen, davon, was diese gesagt hatten, und wie alle hinter ihr hergesehen hatten und über sie gesprochen hatten.

Gregor hielt seine Frau fest an sich gedrückt. Beide blieben noch etwas auf der Intensivstation.

Dann sagte Gregor: »Sophi wird heute entlassen.«

Beide gingen zu Lena-Sophia, die auf ihrem Bett lag. »Mama, Papa, endlich. Ich habe schon so lange gewartet.« Tamara nahm ihre Tochter in den Arm. Sie drückte sie ganz fest an sich. »Hey, nicht so fest, sonst gehe ich noch kaputt.« Gregor konnte sich ein Lachen nicht verkneifen. »Ich habe dich lieb,« sagte Tamara und ließ ihre Tochter los. »Egal, was passiert.« »Ich dich auch,« antwortete Lena-Sophia.

Nachdem der Arzt den Entlassungsbrief geschrieben hatte, konnte Lena-Sophia mit ihren Eltern nach Hause gehen.

Alle drei liefen durch die Stadt. Mehrmals riefen Leute: »Oh da ist das Mörderkind.« »Was meinen die?« »Ach, nichts«, antwortete Tamara und lenkte ihre Tochter auf andere Themen.

Ein Mann, der an ihnen vorbei ging, rief: »Das Kind

muss weg. Es ist eine Gefahr für unsere Stadt. Wir wollen keine Behinderten bei uns haben.« Schnell liefen Tamara und Gregor weiter. Gregor zog seine Tochter hinterher. Als sie an der Tür von Steffi klingelten, öffnete sich im ersten Stock ein Fenster. »Ich kann euch nicht aufnehmen. Nicht mit Sophi. Die Nachbarn reden schon so viel.« »Aber du kannst uns doch nicht einfach so vor der Tür stehen lassen.« »Ich muss«, äußerte Steffi und schloss das Fenster. »Bin ich schuld?«, fragte Lena-Sophia. »Nein mein Schatz, du bist nicht schuld, » sagte Tamara ruhig und strich ihrer Tochter liebevoll über den Kopf. »Aber die ganzen irren Leute sind schuld«, schrie Tamara in Richtung Fenster. Dort wurde gerade die Gardine vors Fenster geschoben. »Und jetzt?«, fragte Tamara. »Jetzt gehen wir ans Ende der Stadt in die Jugendherberge.«

So geschah es dann auch. Sie bekamen ein großes Zimmer. Tamara brachte ihre Tochter ins Bett. Danach ging sie nach draußen, wo Gregor auf einer Bank saß. Gregor nahm sie in den Arm. Beide küssten sich innig,

Lena-Sophia konnte nicht schlafen, da es im Zimmer sehr heiß war. Sie stand auf und öffnete das Fenster. Plötzlich hörte sie von draußen, wie sich ihre Eltern unterhielten. Lena-Sophia hörte, wie ihre Mutter zu ihrem Vater sagte: »Was sind das bloß für Menschen? Sophi ist doch auch nur ein ganz normales Mädchen. Ich kann mir nicht vorstellen, dass sie das Feuer selbst gelegt hat.« Lena-Sophia hörte gespannt zu. Ihr Atem stocke, als sie hörte, wie ihre Mutter noch mal wiederholte, was die Frauen gesagt hatten: »Damals wurden solche wie die vernichtet.«

Lena-Sophia liefen Tränen übers Gesicht. Leise schlich sie wieder ins Bett. War sie wirklich so schlimm? Sie fühlte sich wie ein Ungeheuer, das vernichtet werden müsste. Sie schluchzte laut.

»Hey Mäuschen ist alles in Ordnung?« Die Tür ging auf

und Gregor kam rein Er kam zu Lena-Sophia ans Bett. Diese wischte sich die Tränen aus dem Gesicht. »Papa, bin ich wirklich so ein Ungeheuer?« »Nein, meine kleine.« Gregor gab seiner Tochter einen Kuss und strich ihr über den Kopf. »Nein, Sophi, du bist kein Ungeheuer.« »Und warum sagen es alle?« »Weil die krank sind. Die wissen nicht, was die sagen. Aber jetzt leg dich wieder hin und schlaf weiter.« Gregor deckte Lena-Sophia mit der Decke wieder zu und gab ihr noch einen Kuss auf die Stirn. »Schlaf gut, mein Mäuschen, und denk dran, du bist kein Ungeheuer, sondern meine Tochter.« Lena-Sophia strahlte ihren Vater an und schloss die Augen.

In der Nacht träumte Lena-Sophia von den Leuten in der Stadt. Sie stand in einem Kreis, und um sie herum standen die ganzen Leute, die sie auf der Straße getroffen hatten. Immer wieder hörte sie, wie die Leute sprachen: »Da ist das Ungeheuer. Es muss vernichtet werden. Dieses Ungeheuer hat seine Oma umgebracht.« Lena-Sophia wachte schweißgebadet auf. Sie grübelte. Wenn die Leute doch recht hätten und sie ein Ungeheuer wäre?

Das musste sie herausfinden. Leise nahm sie ihre Jacke und öffnete die Tür. Bevor sie nach draußen ging, sah sie sich noch mal um. Ihre Eltern lagen fest in einem Doppelbett. Lena-Sophia lief nach draußen.

Die Sonne war gerade dabei, aufzugehen. Unterwegs begegnete ihr ein älterer Mann. »Na Kleines, so früh schon unterwegs??« Lena-Sophia nickte kurz mit dem Kopf. Wo sollte sie hingehen? Gab es irgendwo einen Platz für Ungeheuer? Der ältere Mann sah Lena-Sophia freundlich an. Sah der Mann etwa nicht, dass sie ein Ungeheuer war, überlegte Lena-Sophia.

Es war schon halb neun, als Tamara aufwachte. Gregor lag dicht neben ihr und schlief. Tamara gab Gregor einen

Kuss. »Guten Morgen, aufstehen, mein Schatz.« Gregor erwiderte den Kuss.

Anschließend stand Tamara auf und ging zu Lena-Sophias Bett. »Guten Morgen, meine kleine ...« Weiter kam sie nicht. »Sie ist weg,« schrie Tamara und drehte sich zu Gregor. »Wie, weg?« »Sie liegt nicht im Bett.« »Na ja, vielleicht ist sie ja nur mal kurz auf die Toilette gegangen.« Gregor versuchte, seine Frau zu beruhigen. Tamara zog sich einen Morgenmantel an und lief zu den Toiletten. »Sophi ... Sophi komm raus. Wir spielen jetzt kein Verstecken.« Doch keine Antwort.

Tamara sah in jede Toilette, doch alle waren leer. Schnell lief sie zu Gregor zurück. »Sie ist weg.« »Beruhig dich. Vielleicht ist sie ja schon beim Frühstücken. Schnell zog sich Tamara um. Sie lief in den Speisesaal. Dort sah sie sich um. Eine Schulklasse war gerade beim Frühstücken, doch von Lena-Sophia fehlte jede Spur. »Hoffentlich ist ihr nichts passiert,« wiederholte Tamara immer wieder.

Nachdem sie auch draußen geschaut hatte, ging sie wieder zu Gregor. »Sie ist weg. Wir müssen zur Polizei.«

Gregor nahm seine Frau in den Arm. »Beruhige dich, wir finden sie.« Gregor strahlte eine solche Ruhe aus, dass Tamara auch ruhiger wurde.

Wenige Minuten später standen sie vor der Polizeiwache. Beide stiegen aus dem Auto und gingen durch die Tür hinein. Hinter einer Glasscheibe saßen drei Polizisten in Uniform. »Ja, bitte?«, fragte einer der Polizisten. Er wirkte etwas genervt. »Wir wollen eine Vermissten-Anzeige aufgeben. Unsere Tochter ist verschwunden.« »Dann kommen Sie rein.« Der Polizist drückte einen Knopf, damit Tamara und Gregor durch eine weitere Tür eintreten konnten.

Einer der Polizisten hinter der Glasscheibe kam auf die beiden zu. »Kommen Sie. Wir gehen in den Raum.« Er zeigte auf die nächste Tür.

Nachdem Gregor und Tamara auf einem Stuhl Platz genommen hatten, fragte der Polizist: »Sie wollen also jemanden als vermisst melden?« »Genau.« »Wer ist es denn?« »Unsere Tochter, sie ist seit heute Morgen verschwunden.« »Und wie heißt ihre Tochter?« »Lena-Sophia Schubert,« antwortete Tamara. »Und es kann nicht sein, dass sie irgendwo bei Freunden ist?« Gregor schüttelte den Kopf. »Ist ihre Tochter schon öfters abgehauen?«

Es dauerte noch eine ganze Weile, bis alles erledigt war. Gregor und Tamara standen auf und verabschiedeten sich von dem Polizisten. »Machen sie sich keine Sorgen. Wir werden die Kleine schon wiederfinden. Unsere Streifen werden die Augen offenhalten.«

Gregor und Tamara verließen das Polizeigebäude und fuhren zur Jugendherberge. Der Polizist hatte ihnen geraten, dorthin zu fahren, um anwesend zu sein, falls Lena-Sophia wieder auftauchte.

Lena-Sophia lief durch die Stadt. Sie bemerkte, wie ein paar Frauen die Straßenseite wechselten, als sie Lena-Sophia erkannten. Eine Frau sagte zu ihrem kleinen Sohn: »Das da vorne ist eine Mörderin, eine Behinderte. Vor der musst du dich in Acht nehmen.«

Lena-Sophia sah erst die Frau an und dann den Jungen. Ihr schossen Tränen in die Augen. Schnell lief sie weiter. Warum sagten alle, dass sie eine Mörderin sei? Sie hatte doch keinen umgebracht. Langsam lief sie weiter. Als es anfing, zu regnen, setzte sie sich in einer Sackgasse neben ein paar Mülltonnen. Ihr kleines Herz schlug sehr stark. Was sollte nun aus ihr werden? Alle hielten sie für ein Ungeheuer. Lena-Sophias Magen fing an zu knurren. Mittlerweile war es schon Mittag geworden. Das kleine Mädchen war bis zum Hemd nass geworden, als der Regen schließlich nachließ.

Tamara saß im Zimmer und sah die ganze Zeit auf ihr Handy. Sie hoffte, Lena-Sophia würde sich melden, doch das Telefon blieb stumm.

Gregor kam mit einem Stückchen Brot und einem Tee in der Hand die Tür rein. Er reichte beides Tamara. »Hier Schatz, du musst was essen.« »Ich kann nichts essen.« »Bitte Tami, wenigstens was trinken.« Tamara nahm den Tee und trank. Danach sah sie Gregor an. »Wo ist sie?« »Ich weiß es nicht.« Gregor setzte sich neben seine Frau und nahm diese in den Arm. Gregor wirkte so stark. Tamara war froh, dass Gregor da war.

Die Stunden vergingen und das Telefon blieb weiterhin stumm. »Gregor, wir müssen was unternehmen,« rief Tamara und sprang vom Stuhl auf. »Tami, die Polizei tut ihr Möglichstes.« »Ach die ... die haben doch Besseres zu tun, als ein behindertes Kind zu suchen.« Tamara schnappte sich ihre Regenjacke und lief raus. »Tami ...Tami, bitte, bleib hier.« Gregor lief seiner Frau hinterher. Doch Tamara hörte nicht auf ihren Ehemann. Sie stieg ins Auto ein und fuhr in die Dunkelheit. Langsam fuhr sie durch die Stadt. Sie fuhr in jede Ecke, die sie fand, doch von Lena-Sophia fehlte jede Spur.

Es war kalt geworden. Lena-Sophia hatte sich etwas hingelegt und war eingeschlafen.

In einem Mülleimer hatte sie zwei Äpfel gefunden. Beide waren schon auf einer Seite bräunlich verfärbt. Doch Lena-Sophia hatte so Hunger, dass ihr das egal war.

Sie zitterte am ganzen Körper. Der Regen hatte aufgehört. Vorsichtig kroch sie aus dem Müll. Alles stank entsetzlich. Lena-Sophia sah sich um. Die Straßen waren menschenleer. Zitternd lief sie durch die Straßen. Wo sollte sie bloß hin? Sie lief quer durch die Stadt.

Als sie im Krankenhaus ankam, ging sie rein. Zunächst ging sie auf die Toilette. Dort zog sie sich die nasse Kleidung aus und versuchte, sie am Handtrockner zu föhnen. Die Wärme tat gut. Bald schon hörte der kleine Körper auf zu zittern.

Lena-Sophia ließ ihren Pullover und ihre Hose auf der Toilette liegen und lief dann, nur mit Unterwäsche bekleidet, zum Aufzug. Sie fuhr damit nach oben. Als die Tür sich öffnete, stand eine ältere Krankenschwester vor ihr. »Na, wer bist denn du?« Lena-Sophia sagte nichts, sondern sah die Frau mit großen Augen an. »Kannst du nicht sprechen?« »Nein.« »Suchst du jemanden?« Heftig nickte das kleine Mädchen den Kopf. »Und wen suchst du?«, fragte die freundliche Krankenschwester. »Oma such ich.« »Wie heißt denn deine Oma? Weißt du das?« »Oma Maria,« antwortete das kleine Mädchen zaghaft. Die ältere Frau lächelte. »Weißt du auch, wie sie weiter heißt?« »Tusch,« antwortete Lena-Sophia. »Gut, mal sehen, ob wir deine Oma finden«, äußerte die Krankenschwester und nahm ihr Telefon aus dem Kittel.

Nach einem kurzen Telefonat drehte sie sich zu Lena-Sophia um, die erwartungsvoll abgewartet hatte.

»Komm mit, ich zeig dir, wo sie liegt.« Lena-Sophia lief hinter der Frau hinterher.

Vor einer Tür blieb die Frau stehen. »Verrätst du mir auch deinen Namen?« »Lena.« »Und weiter?« 'Doch sie bekam darauf keine Antwort. »Dann geh jetzt erst mal zu deiner Oma. Sie schläft.«

Lena-Sophia ging die Tür rein. Sofort fiel ihr Blick auf das Bett, in dem ihre Oma regungslos lag.

Die Krankenschwester blieb an der Tür stehen. »Oma … Oma, warum schläfst du?« Plötzlich verschwand die Krankenschwester schnell, nachdem sie einen Telefonanruf bekommen hatte. Lena Sophia kletterte vorsichtig auf das Bett. Sie legte sich neben ihre Oma und legte ihren Kopf auf deren Bauch. Lena-Sophia spürte, wie sich der Brustkorb ihrer Oma immer wieder hob und senkte.

»Oma, alle sagen, ich bin ein Ungeheuer.« Wieder liefen ihr Tränen über das Gesicht. »Ich wäre eine Mörderin, weil ich dich umgebracht habe, sagen alle. Keiner will was mit mir zu tun haben.« Weinend blieb Lena-Sophia neben ihrer Oma liegen.

»Bitte, Oma. Du musst aufwachen, bitte. Sonst hat mich niemand mehr lieb, außer Mama und Papa.« Auf einmal ging die Tür auf. Zwei Polizisten kamen zur Tür rein. Lena-Sophia sah sie mit nassen Augen an. »Bist du Lena-Sophia Schubert?« Lena-Sophia nickte leicht. Einer der Polizisten ging nach draußen auf den Flur. Der zweite Polizist trat näher ans Bett. »Komm, wir bringen dich nach Hause. Deine Eltern machen sich große Sorgen.« »Nee, ich bleibe bei Oma,« antwortete Lena-Sophia und drückte sich ganz dicht an ihre Oma.

»Deine Oma braucht doch Ruhe«, versuchte der Polizist zu erklären. Doch Lena-Sophia ignorierte ihn. Der andere Polizist kam wieder zur Tür herein. »Ich glaub, die bekommen wir hier nicht raus,« sagte der eine Polizist zu seinem Kollegen, der dabei war, Lena-Sophia von ihrer Oma zu lösen, doch diese klammerte sich fest an ihre Oma. Der Polizist verließ erneut das Zimmer.

Es war viertel vor drei in der Nacht, als das Handy klingelte. Erschrocken saß Tamara kerzengerade im Bett. Sie griff nach dem Handy. »Ja.« »Polizeistation ...« Sofort war Tamara hellwach. Der Mann am anderen Ende der Leitung teilte Tamara mit, dass sie ihre Tochter gefunden hatten. Tamara war erleichtert. Sie sah neben sich, denn sie wollte Gregor sofort von dem Telefonat berichten, doch das Bett war leer. Tamara stand auf. In dem Moment hörte sie die Tür, die geöffnet wurde. Sofort stand Tamara auf und ging zum Tisch, der am anderen Ende des Zimmers lag. Gregor saß dort. Sein Gesicht war ganz verweint. »Tami, ich kann nicht mehr. Wo ist meine kleine Maus?« Tamara kam von hinten auf Gregor zu und nahm ihren Mann in den Arm. »Sie haben sie gefunden.« Erleichtert sah Gregor Tamara an. »Geht es ihr gut?« Tamara bejahte.

Sofort machte sich beide auf den Weg zum Krankenhaus.

Im Krankenhaus wurden sie bereits von an der Tür einem Polizisten empfangen »Wie gut, dass Sie da sind.«

Tamara und Gregor folgten dem Polizisten in den Aufzug. Tamara hielt Gregor an der Hand. Oben angekommen, stiegen alle drei aus. Sie gingen über den Flur zum vorletzten Zimmer.

Lena-Sophia klammerte sich fest an ihre Oma. »Oma ... alle hassen mich.« Sie schluchzte. »Sophi ... Sophi mein Schatz,« rief Tamara überglücklich. Lena-Sophia hob ihren Kopf leicht. »Mama, Papa.« Ein Lächeln huschte über das verweinte Gesicht. Gregor nahm Lena-Sophia von seiner Schwiegermutter runter und in seinen Arm, dann drückte er sie fest an sich. »Bin ich froh, dass wir dich wieder haben!« Gregor hatte vor Freude eine Träne im Auge. Sie lief über seine Wange. Tamara nahm Gregor und Lena-Sophia in den Arm.

Auf einmal rief eine Krankenschwester, die gerade die Tür hereingekommen war: »Oh, ihre Mutter ... Sie hat sich gerade bewegt.« Tamara sah zum Bett. In dem Augenblick öffnete ihre Mutter die Augen. »Sophi«, rief Frau Tusch. Tamara setzte sich ans Bett. »Mama, bin ich froh, dass du wieder wach bist.« »Geht es Sophi gut?« Als sie die Frage beendet hatte, sah sie Gregor und Lena-Sophia, die in der Tür standen. »Sophi, komm her.« Lena-Sophia kam auf ihre Oma zu. Tamara setzte sie an die Bettkante. »Danke. Du hast mir das Leben gerettet.« Verwundert sah Tamara ihre Mutter an. Sie wollte nun wirklich wissen, was sich zugetragen hatte, doch da sagte die Krankenschwester: »So, ich muss sie jetzt alle rausschmeißen. Ihre Mutter benötigt Ruhe.« Alle drei verabschiedeten sich von Frau Tusch und gingen aus dem Zimmer.

Gregor nahm Lena-Sophia auf den Arm und trug sie zum Auto. Unterwegs schlief das kleine Mädchen vor Erschöpfung ein. Bei der Jugendherberge angekommen, brachte Gregor seine Tochter erst einmal ins Bett. Anschließend zog auch er sich um und legte sich neben Tamara. Erleichtert gab er ihr einen Kuss. Kurz darauf schliefen auch Tamara und Gregor ein.

Am nächsten Morgen wachte Tamara als Erstes auf. Ihr Blick fiel auf Lena-Sophia. Diese lag eingewickelt in ihrer Decke und schlief. Erleichtert ließ sich Tamara in ihre Kissen sinken.

Alle drei schliefen bis zum Mittagessen. Nachdem sie in dem Speisesaal ihr Mittagessen eingenommen hatten, machten sie sich auf den Weg ins Krankenhaus.

»Gregor, gehst du mit Sophi ein Eis holen? Ich möchte mit Mam kurz alleine sein.« »Na klar«, antwortete Gregor und rief seiner Tochter zu: »Wer zuerst wieder unten ist, hat verloren.« Tamara sah, wie beide davonrannten. Sie lächelte ihnen hinterher.

Tamara klopfte an die Tür. »Herein.« Langsam betrat Tamara das Zimmer. Frau Tusch lag im Bett und sah zur Tür. »Wo ist Sophi?« »Die kommt gleich. Mam, was ist wirklich passiert? Alle sagen, Sophi wäre es gewesen. Jeder, dem ich begegne, rät mir, sie wegzugeben. Mam, ... ich ... ich kann nicht mehr.« Tamara fing an zu weinen. Frau Tusch richtete sich im Bett auf. »Hör nicht darauf, was die andern sagen. Sophi hat mir das Leben gerettet. Sie hat mich ans Fenster geschoben. Wenn sie nicht gewesen wäre, wäre ich nicht mehr hier.« Tamara sah ihrer Mutter direkt in die Augen. Überglücklich fiel sie ihr um den Hals. »Na, na, nicht so stürmisch.« »Aber wie können wir das den Leuten in der Stadt klar machen?« Fragend sah Tamara ihre Mutter an. Diese zwinkerte ihr zu und verriet der Tochter ihren Plan.

Tamara war von der Idee sofort begeistert. Kurz darauf kamen Gregor und Lena-Sophia wieder.

Lena-Sophia hielt ein Eis in ihrer Hand. Sie strahlte ihre Oma an. »Willst du auch mal lecken?« »Ja.« Lena-Sophia hielt ihrer Oma das Eis entgegen. »Mmmhh ... das ist aber gut,« sagte Frau Tusch zu Lena-Sophia und wandte sich dann zu Tamara um. »Wo wohnt ihr jetzt?« »In der Jugendherberge.« »Aber Kind, das geht doch NICHt. Ihr könnt doch in unsere alte Wohnung, wo ich mit Papa gelebt habe.

Das ist noch nicht vermietet, und ich sage der Pauly, dass sie das Haus noch nicht vermieten soll!« Dankend sah Tamara ihre Mutter an. »Du kannst aus meiner Jacke schon mal den Schlüssel holen.« Gregor nahm den Schlüssel aus der Jacke »Du hast ihn die ganze Zeit bei dir rumgetragen?«

Seine Schwiegermutter grinste. »Ja, für den Notfall.«

Gegen 18 Uhr verabschiedeten sie sich von Frau Tusch und fuhren zu der Wohnung, nachdem sie bezahlt hatttEN.

Gregor schloss die Tür auf. Langsam betraten sie die Wohnung. Alle Möbel standen noch am selben Platz. Ein paar Spinnen hatten ihre Netze an der Decke gebaut. Überglücklich sah Tamara ihren Mann an. »Es geht bergauf.«

Tamara ging etwas einkaufen, während Gregor und Lena-Sophia »Mensch ärgere dich nicht« spielten. Im Geschäft begegnete Tamara eine alte Frau. »Na, haben sie das Behinderte endlich weggeschafft?« »Sie wissen ja nicht, was Sie da reden«, antwortete Tamara und wollte sich gerade, umdrehen, als die Frau laut rief: »Diese Frau schützt eine Behinderte, die unsere gute Maria umbringen wollte.« Alle im Geschäft treten sich um. Tamara fühlte sich sehr unwohl. Schnell nahm sie ihre Sachen, die sie auf der Einkaufsliste hatte, und ging zur Kasse. Die ganze Zeit hatte sie das Gefühl, sie würde beobachtet.

Erst spät am Abend kam Tamara wieder nach Hause. Gregor hatte Lena-Sophia bereits in Bett gebracht.

Sofort fiel Tamara ihrem Mann um den Hals. Die Tränen schossen ihr in die Augen. Gregor nahm seine Frau in den Arm. »Gregor, warum nur?« Gregor sah Tamara an. »Ich weiß es nicht, Schatz.«

Später am Abend telefonierte Tamara noch mit dem Bürgermeister. Er war ein guter Freund von Tamaras Eltern und Tamara wusste, dass sie nur mit seiner Hilfe die Wahrheit ans Licht bringen konnte.

Das Gespräch dauerte circa zwei Stunden. Dann sagte der Bürgermeister: »Klar, Kleines. Das machen wir. Es wird alles wieder gut.« Tamara wäre am liebsten in den Hörer gesprungen und hätte den Bürgermeister umarmt. Doch da dies nicht ging, sagte sie immer wieder nur: »Danke.«

Es war schon sehr spät geworden, als Tamara sich müde auf ihr Bett warf. Sie wollte sich gerade zu Gregor umwenden, doch dieser lag nicht in seinem Bett. Stattdessen lag Lena-Sophia unter der Decke. Sie sah ihre Mutter mit verweinten Augen an. »Mama, ich bin nur eine Last für dich.« Tamara merkte, wie ihr die Tränen in die Augen schossen. »Aber nein. Wer sagt denn so etwas?« Lena-Sophia hielt kurz inne. »Alle sagen das. Es wäre besser, wenn ich tot wäre.« Lena-Sophia schluchzte ins Kissen. Tamara nahm ihre Tochter fest an sich. »Sophi, ich und Papa lieben dich über alles, ganz egal, was die anderen sagen. Wir sind froh und dankbar, dass wir dich haben.« Lena-Sophia sah ihre Mutter an. »Stimmt das wirklich?« »Ja, mein Schatz,« antwortete Tamara und strich ihrer Tochter über den

Kopf. Zufrieden sah Lena-Sophia ihre Mutter an. Es dauerte nicht lange, da war Lena-Sophia wieder eingeschlafen. Tamara wollte sich noch eine Flasche Wasser für die Nacht holen. Deshalb stand sie auf und wollte gerade in die Küche gehen, als sie merkte, dass im Wohnzimmer die Balkontür offen stand. Tamara rutschte das Herz fast in die Hose. Erleichtert sah sie dann Gregor, der auf einer Matratze auf dem Balkon lag. »Was machst du denn hier?« Doch Gregor antwortete nicht. Tamara kniete sich auf den kalten Boden. Sie sah Gregor an. Gregor sah in den Himmel. Seine Augen waren ganz feucht und feuerrot. Tamara gab Gregor einen Kuss auf den Mund und wischte ihm ein paar Tränen weg. »Tami, ich ... ich ... kann nicht mehr.« Tamara strich ihrem Mann über das Gesicht. Langsam fing Gregor an, Tamara unter Tränen zu berichten, was vorgefallen war. Gregor wurde zu seinem Chef gerufen. Dieser sagte dann: »Herr Schuber, es tut mir leid, aber da die Situation es nicht anders zulässt, muss ich sie leider entlassen. Geben sie ihr Kind weg, dann können sie wieder bei mir anfangen.« Erschrocken sah Tamara ihren Mann an. »Aber das kann er doch nicht machen.« »Das habe ich ihm auch gesagt, doch weil ich so sauer war, habe ich ihn angeschrien und dann ist mir rausgerutscht, dass ich diese Arbeit gar nicht nötig hätte und ich deshalb selber kündige.« Gregor sah Tamara an. »Was haben wir getan, dass wir so bestraft werden? Tami, ich bin so fertig. Als ich heimfuhr, kamen wieder viele Leute und riefen: »Ey, Vadder von Behindi, bring Behindi endlich weg. Es gehört eingeschlossen.« Als Gregor das gesagt hatte, stand Lena-Sophia in der Tür. Sie weinte. »Dann bringt mich dahin, wo ich hingehöre, damit alle wieder Ruhe haben.«

Gregor packte Lena-Sophia am Arm und zog sie zu sich. Er nahm sie in den Arm. Tamara strich ihr über den Kopf. »Nächste Woche wird sich alles ändern.« »Wirklich?«

Mit großen Augen sah Lena-Sophia ihre Mutter an. Diese nickte nur mit dem Kopf.

Am nächsten Tag ließ Tamara Lena-Sophia zu Hause. Im Kindergarten sollte sie nicht schon wieder von den anderen Kindern geärgert werden.

Gegen 11 Uhr machten sich beide auf den Weg ins Krankenhaus. Gregor war zu einem Anwalt gefahren.

Frau Tusch freute sich riesig über ihren Besuch. Sie hatte in der Nacht viel nachgedacht und wusste nun, dass sie trotz ihrer gelähmten Seite gebraucht wurde und dass sie für Lena-Sophia eine gute Oma war.

Lena Sophia kletterte sofort zu ihrer Oma aufs Bett und gab dieser einen Kuss. Frau Tusch lächelte ihre Enkelin an. »Hast du alles für morgen geklärt?« Fragend sah sie ihre Tochter an. Tamara bejahte und zwinkerte ihrer Mutter zu. »Na, hoffentlich wird dann alles wieder gut.«

Tamara und ihre Tochter blieben noch bis zum Nachmittag im Krankenhaus. Dann machten sie sich auf den Weg nach Hause. Lena-Sophia hielt sich an der Hand ihrer Mutter fest. Als sie an einer Bushaltestelle vorbeigingen, rief eine Gruppe Jugendlicher, die dort auf den Bus warteten: »Behindi, Behindi, du gehörst eingeschlossen.« Lena-Sophia fing an zu zittern. Tränen schossen ihr in die Augen. Sie hatte das Gefühl, alle würden sich nach ihr umdrehen und sie beschimpfen. Ganz fest drückte Lena-Sophia die Hand ihrer Mutter. Tamara blieb stehen. »Ihr wisst ja gar nicht, was ihr da sagt«, schrie sie zu der Gruppe und nahm ihre Tochter auf den Arm. »Hör nicht auf die! Die sind doof.« Dann zog sie Lena-Sophia weiter. Zu Hause angekommen, lief Lena-Sophia sofort in ihr Zimmer. Sie schmiss sich auf ihr Bett. Warum hatte sie bloß dieses Chromosom zu viel? Warum wurde sie von allen gehasst? Wenn ihre Eltern sie nicht dorthin bringen wollten, wo solche wie sie hingehörten, musste sie sich wohl allein auf den Weg machen. Aber wo gehörten solche wie sie hin? Wo wurden solche Ungeheuer eingesperrt? Lena-Sophia packte ihren kleinen Rucksack, den sie zu ihrem letzten Geburtstag bekommen hatte.

Nachdem sie ein paar Sachen eingepackt hatte, legte sie sich wieder auf ihr Bett. Wenige Minuten später rief Gregor aus der Küche: »Mäuschen, kommst du runter? Es gibt Abendessen.« Lena-Sophia kam die Treppe nach unten. Keiner sagte etwas beim Essen. Tamara räumte danach das Geschirr ab. Lena-Sophia sah ihre Eltern an. »Bald habt ihr keinen Ärger mehr mit mir, bald ist es vorbei.« Bevor Tamara oder Gregor etwas antworten konnten, stieg Lena-Sophia von ihrem Stuhl und ging in ihr Zimmer. Sofort kam Gregor hinterher. Er nahm seine Tochter fest in die Arme. »Wir haben keinen Ärger mit dir. Wir sind froh, dass wir dich haben, und wir würden für kein Geld der Welt das ändern wollen.« Das kleine Mädchen sah ihren Vater an. »Ich habe dich lieb, Papa.« Mehr sagte sie nicht. Sie ließ ihren Vater los, zog sich ein Nachthemd an und legte sich in ihr Bett. Gregor gab seiner Tochter einen Kuss und wünschte seiner Tochter eine gute Nacht. Anschließend ging Gregor ins Wohnzimmer, wo Tamara auf der Couch saß und an die Decke schaute. Gregor setzte sich zu ihr. Er streichelte sie liebevoll und gab ihr mehrere Küsse. »Morgen wird die Wahrheit ans Licht kommen.« Gregor drückte seine Frau fest an sich.

Am nächsten Tag fand das große Sommerfest der Stadt statt. Auf dem Marktplatz wurde schon seit mehreren Tagen eine Bühne aufgebaut.

Tamara wollte ihre Tochter wecken. Sie ging in das Kinderzimmer. Erschrocken blieb sie an der Tür stehen. Das Kinderzimmer war leer. Sofort rief Tamara nach Lena-Sophia, doch sie bekam keine Antwort. »Gregor ... Sophi ist wieder weg. Wir müssen sie suchen.« Gregor schnappte sich seine Jacke und rannte zum Auto. Während Gregor mit dem Auto nach Lena-Sophia suchte, lief Tamara zu Fuß in der Stadt herum.

Es war genau zehn Uhr, als das Sommerfest anfing. Viele Tausend Einwohner hatte sich auf dem Marktplatz eingefunden. Auf der Bühne stand eine große Leinwand. Der Bürgermeister stand auf der Bühne und begrüßte die Gäste. »Sehr geehrte Damen und Herren, liebe Kinder. Ich freue mich, heute hier zu sein, um das Sommerfest zu eröffnen. In dieser Stadt wohnen so viele Nationen friedlich zusammen, und wir können stolz darauf sein. Doch etwas belastet unsere kleine Stadt, und zwar das Gerücht, dass die kleine Lena-Sophia ihre Oma umbringen wollte.« Sofort riefen ein paar: »Das Kind gehört eingesperrt. So was darf nicht frei hier herumlaufen.« Fast alle nickten zustimmend. Der Bürgermeister sagte dazu nichts mehr, sondern gab einem Techniker ein Zeichen. Kurz darauf konnte man auf der Leinwand das brennende Haus von Familie Schubert sehen. Im Hintergrund lief leise Musik. Alle sahen gespannt auf die Leinwand. Kurz darauf wurde es schwarz auf der Leinwand. Dann war darauf zu lesen: »Wie kam es zu diesem Brand?« Sofort rief eine alte Frau: »Das war Behindi.«

Auf der Leinwand erschien ein Feuerwehrmann. »Also der Brand entstand durch einen Kurzschluss am Fernseher.« So beantwortete er die gestellte Frage. Viele Leute auf dem Marktplatz standen mit offenem Mund vor der Bühne. »Dann war es also nicht die kleine Lena-Sophia?«, rief ein älterer Herr.

Wieder konnte man das brennende Haus auf der Leinwand sehen. Kurz darauf sah man Frau Tusch, die im Krankenhaus im Bett lag. »Wie geht es Ihnen?«, fragte eine Stimme. »Mir geht es wieder so weit ganz gut, und das verdanke ich nur meiner kleinen Enkelin.«

Frau Tusch berichtete, wie Lena-Sophia sie ans Fenster geschoben hatte und ihr damit das Leben gerettet hatte.

Auf dem Marktplatz wurde es ruhig. Keiner sagte ein Wort. Alle schämten sich. Niemand hatte die Wahrheit gekannt, doch alle hatten Lena-Sophia beschuldigt. Die Musik im Film wurde etwas lauter. »Sollten wir uns nicht entschuldigen?«, stand zum Schluss des Filmes auf der Leinwand.

»So, jetzt kennen Sie die Wahrheit, und vielleicht sollten Sie beim nächsten Mal nicht jemanden verurteilen, nur weil derjenige anders ist als ihr«, rief der Bürgermeister.

Tamara stand in der Menge und musste weinen, als sie den Film sah. Es dauerte nicht lange, da kam Gregor zu ihr. »Hast du sie gefunden?« Weinend schüttelte Tamara den Kopf. Während auf der Bühne eine Band spielte, kam der Bürgermeister zu Gregor und Tamara. »Na ihr, wo ist denn Sophi?« »Wissen wir nicht«, antwortete Gregor. »Der ist das alles zu viel geworden. Sie hat gesagt, dass sie dahin muss, wo solche wie sie hingehören, aber wo ist das?«, rief Tamara unter Tränen.

Die Band hörte auf zu spielen. Der Bürgermeister ging auf die Bühne. »Achtung, eine kurze Durchsage: Lena-Sophia ist verschwunden, und nur, weil wir sie beschuldigt haben. Wir müssen sie finden ...« Plötzlich rief eine Stimme: »Sie ist hier.« Alle drehten sich um. Lena-Sophia stand hinter einem Rollstuhl, in dem ihre Oma saß. Alle sahen erleichtert zu Lena-Sophia. Sofort kletterte Lena-Sophia zu ihrer Oma auf den Schoß. Sie hatte Angst. Was würden die ganzen Leute wohl mit so einem Ungeheuer machen? Ihre Oma hatte gesagt, dass sie unbedingt hier hinkommen sollte. »Sophi, mein Schatz«, rief Tamara und rannte durch die Menschen. Lena-Sophia sprang vom Schoß ihrer Oma und rannte zu ihrer Mutter. Tamara kniete sich zu ihrer Tochter und nahm diese in den Arm. Alle Leute um sie herum klatschten. Lena-Sophia wunderte sich.

Anschließend ging Lena-Sophia mit ihren Eltern und ihrer Oma über das Sommerfest. Viele Leute kamen zu Lena-Sophia und entschuldigten sich bei ihr. Lena-Sophia strahlte über das ganze Gesicht. Erleichtert sah Tamara Gregor und ihre Mutter an.

Sehr spät am Abend kamen alle drei wieder nach Hause, nachdem sie Frau Tusch wieder ins Krankenhaus gebracht hatten.

Tamara brachte ihre Tochter zu Bett. Diese kuschelte sich in ihre Decke. Gregor kam auch und setzte sich mit Tamara an die Bettkante. »Ist jetzt alles wieder gut?« »Ja meine Kleine, jetzt ist alles wieder gut. Und vergiss nie, dass wir dich so lieben, wie du bist, egal, was andere sagen.« »Ich habe euch auch lieb«, antwortete Lena-Sophia und gab ihren Eltern einen Kuss. Diese verließen anschließend das Zimmer und fielen sich draußen in die Arme. »Ist es wirklich vorbei?« Gregor nickte. »Ich werde meinen Job wieder bekommen. Herr Maier hat sich bei mir entschuldigt und mich gebeten, wieder bei ihm zu arbeiten.« Überglücklich sah Tamara ihren Mann an.

Am Tag darauf stand in der Zeitung: Unsere kleine Heldin. Darüber war ein Bild von Lena-Sophia, und darunter stand, wie das Feuer entstand und wie Lena-Sophia ihre Oma rettete.

Nachdem Tamara Lena-Sophia den Bericht vorgelesen hatte, sagte Lena-Sophia: »Jetzt ist aus dem Ungeheuer ein Held geworden.«

Tamara lächelte ihre Tochter an und dachte: »Und diese Heldin ist meine Tochter.«

ENDE